新潮文庫

ちよぼ

加賀百万石を照らす月

諸田玲子著

目次

家系図

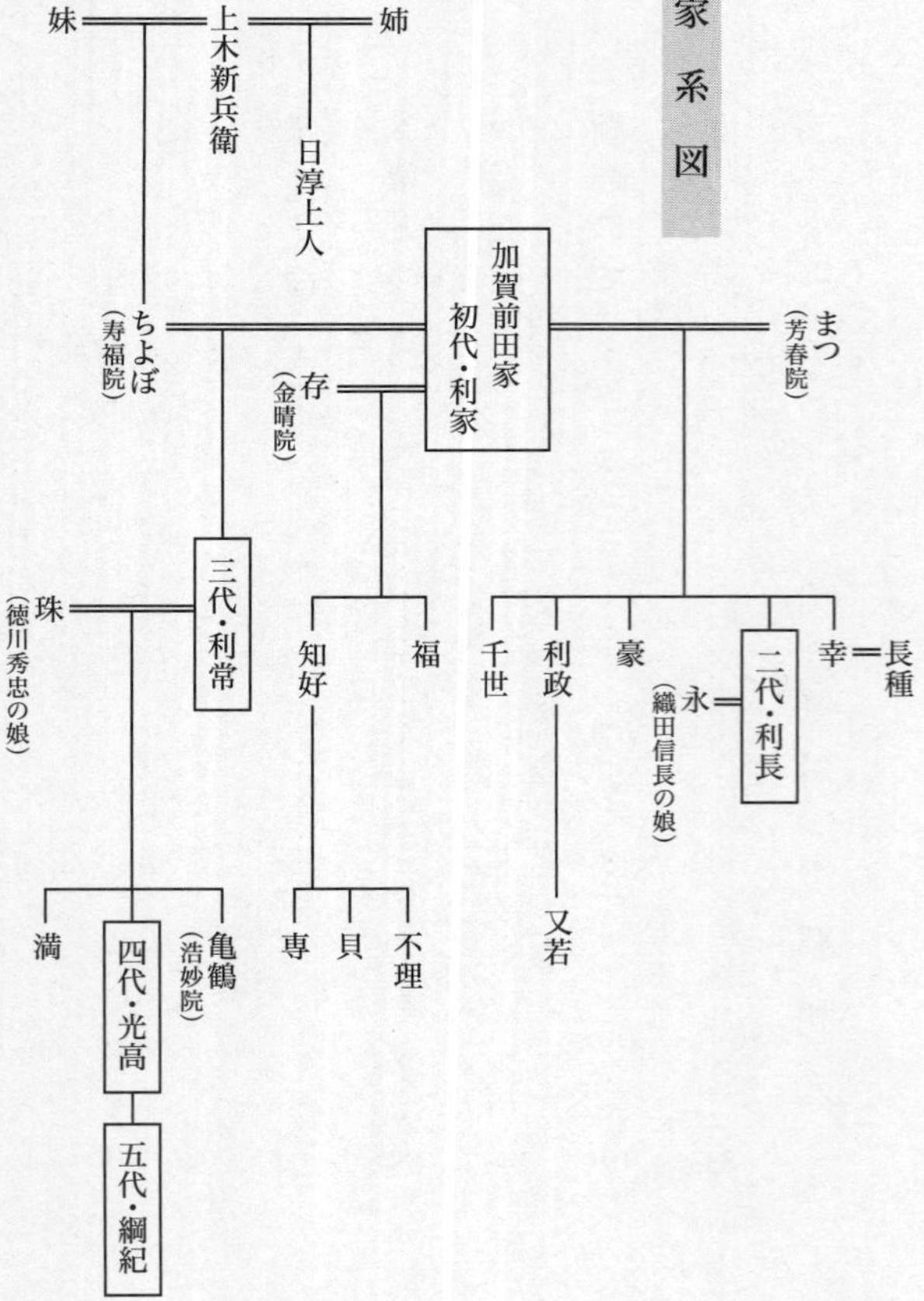

妹
上木新兵衛
姉
日淳上人
加賀前田家 初代・利家
まつ（芳春院）
ちよぼ（寿福院）
存（金晴院）
三代・利常
珠（徳川秀忠の娘）
知好
福
千世
利政
豪
二代・利長
幸
長種
永（織田信長の娘）
満
四代・光高
亀鶴（浩妙院）
専
貝
不理
又若
五代・綱紀

地図製作　アトリエ・プラン

章扉挿画　諸田　透

ちよぼ

加賀百万石を照らす月

ちよぼ

一

数をかぞえながら、十段上って息をつく。それからまた十段。さらに十段上がったところで満《まん》は空を見上げた。晩春の薄曇りの空を鴫《しぎ》の群れが北へ渡ってゆく。

「どこへゆくのでしょうね、あの鳥たちは……」

だれにともなくつぶやいて群れの行方を目で追っていたからか。男勝りの奥方がこの程度の石段に音を上げるはずがないと承知していながらも、奥方付きの用人、河本《かわもと》四郎左衛門が案じ顔を向けてきた。

「山門までまだまだにございますぞ。陸尺《ろくしゃく》を呼んでお乗物を……」

「いいえ。自分の足で上らねば参った甲斐《かい》がありませぬ。お祖母《ばば》さまも歩いて上られました。あのときはわらわの手を引いてくださった」

「それはむろん、法華経にちなむ九十六段、ご自身でお上りになられるに越したことはございませぬが……われら男子でさえ、ちと、なかなかに、きつうござるゆえ……」

満はもう次の十段を上りかけている。

「なんのこれしき。剣術で鍛えています」

長栄山大国院《ちょうえいざんだいこくいん》本門寺——通称「池上本門寺」——の山門につづく表参道には、加藤清正が寄進したという石段が設けられていた。法華経の宝塔品《ほうとうぼん》の偈文《げもん》の頭の文字をとって「此経難持坂《しきょうなんじざか》」と名づけられた石段である。

お祖母さまはきっとあの日、一段上るごとに御身にふりかかった苦難の数々を思い出しておられたのだわ。幼いわたくしは気づかなかったけれど……。

嫁いで二年、十九になった今ならわかる。満の祖母、今は亡《な》き寿福院《じゅふくいん》の人生がどれほど波乱に満ちたものであったか。次々に降りかかる荒波を乗り越えて、孫たちを、一族を、前田家を守るため、一身を擲《なげう》って闘ってきたことも。

さすがに九十六段を上り終えると息が上がり、ふくらはぎがかちかちに固まっていた。従者たちも一様に息をはずませている。

山門をくぐる前に、満は門に掲げられた扁額《へんがく》を見上げた。祖母も長いこと眺めていたものだ、じれったくなった満が足踏みをして急《せ》かすほどに。

扁額の揮毫《きごう》は、前田家と縁が深かった本阿弥光悦《ほんあみこうえつ》の手になる。光悦はひと月あまり前の二月三日、京の洛北《らくほく》、鷹峯《たかがみね》の屋敷で八十年の人生を閉じていた。祖母の命日のこの日、満は彼岸の祖母に光悦の訃報《ふほう》を伝えるつもりでいる。

「お二人はなにを話しておられるのでしょう」

「お二人？　どなたのことにございますか」

うっかり声がもれたようで、河本がすかさず訊《き》いてきた。祖母と光悦との生涯に亘《わた》る交流を手短に話すのはむずかしい。

「お祖母さまと……わらわの姉の浩妙院《こうみょういん》です。相次いで亡《の》うなられたお二人の御墓所は、国元の妙成寺《みょうじょうじ》に並んで建立《こんりゅう》されているのですよ。お祖母さまは初孫の姉をそれはそれは愛《いつく》しんでおられましたから、今はお二人、心おきのう話に興じておられましょう」

「奥方さまの姉上さまはたしか、津山の森家へ嫁がれた……」

「ええ。俗名は亀鶴姫《かめつるひめ》です。嫁いでいくらもしないうちに病を得て、本郷の下屋敷で養生を……お祖母さまがつききりで看病されたのです。されどその甲斐もなく……十八年の短いお命でした」

祖母は気丈な女だった。といっても満が知っている祖母はもう高齢になっていたから、若いころ男勝りだったかどうかはわからない。けれど所作はきびきびとして、相手の目をまっすぐに見て物をいう。とはいえ口調はいつもまろやかで、笑みを絶やさず、決して悪口や愚痴はいわず、まわりのだれからも頼られ慕われていた。そんな祖母も孫娘の早すぎる死はさすがにこたえたようで、あとを追うように彼岸へ旅立つまでの半年余りは食も細り、顔色も沈みがちで、見る見る衰弱してしまった。

満は、孫たちの前で懸命に笑顔をとりつくろおうとしていた祖母を覚えている。孫たちのほうも祖母を元気づけようと、わざといたずらをして困らせたり、甘えてまとわりついたりしたものである。

山門をくぐった正面の大堂は、祖師堂ともいう、日蓮聖人《しょうにん》を祀《まつ》る御堂《みどう》だ。大堂とその先の釈迦《しゃか》堂に参拝したのち、満は山門へ戻り、五重塔の方角へ足を進めた。山門の東方、五重塔の手前に祖母の逆修塔《ぎゃくしゅとう》がある。逆修塔とは信仰心の証《あかし》として生前に建てておく本人の供養《くよう》塔のことで、満の背丈の四、五倍はありそうな層塔である。

寿福院は六年前の三月、江戸本郷の前田家下屋敷で死去したあとこの寺へ運ばれ、荼毘《だび》に付された。が、遺灰と遺骨は国元へ送られて、それぞれ縁の深い金沢の経王寺《きょうおうじ》と羽咋《はくい》の妙成寺へ埋葬された。幸いここに逆修塔があったおかげで、満をはじめ江戸に住む寿福院ゆかりの者たちも、こうして供養に訪れることができる。

河本以下浅野家の郎党を山門のかたわらで待たせて、満は祖母の逆修塔へ歩み寄った。祖母の命日、もしくはできるだけ近い日を選んで、毎年必ず参拝している。四歳で生母を喪《うしな》い、金沢から江戸へ移されたのちは、祖母を母のごとく慕ってきた。祖母の膝元《ひざもと》で養育されたのは七年に満たなかったが、物心ついてからの多感な時期をともに過ごした祖母は、なににもかえがたい存在だった。

「お祖母さま。今日は悲しいお報《しら》せがございます。いえ、お祖母さまはもうご存知でしょう。悲しいどころか、今ごろは彼岸で再会を喜びおうておられるやもしれませんね」

　光悦の死を報せたそのとき、山門でざわついた気配がした。奥方に怪しい者が近づいてはと気をまわして誰何《すいか》しようとした郎党を河本が叱責《しっせき》しているようで、新たにやって来た男二人が顔見知りの河本と挨拶《あいさつ》をしている。

　男たちはこちらへ近づいてきた。どちらも三十代の後半か。武士であるような、ないような……二人とも継上下《つぎがみしも》の小袴《こばかま》の腰に脇差《わきざし》を落し込んでいる。が、片方は総髪髷《まげ》、片方は投げ頭巾《ずきん》。総髪髷はだれかすぐにわかった。投げ頭巾もどこかで見たような……。

「おう、ここで満姫さまにお目にかかれるとは……」

「ご命日ゆえ、もしや、とは思いましたが、これこそ亡き寿福院さまのお導きにございましょう」

「さようでした。又三郎どのと次郎三郎どの、でしたね」

二人は期せずして邂逅《かいこう》した喜びに目を輝かせている。といっても満が光悦のお悔やみを述べると、二人ながら眉《まゆ》を曇らせて礼を返した。

痩《や》せてはいるが上背があり目許《めもと》もきりりとして鋼《はがね》のような力強さを感じさせる総髪髷の男は、本阿弥家の本家の当主で三十五歳になる光温《こうおん》、通称、又三郎である。今一人、中肉中背で丸顔、投げ頭巾をかぶった男は分家――光悦の家系――の嫡男《ちゃくなん》の光甫《こうほ》で、年齢は又三郎より二歳上、満は次郎三郎どのと呼んでいた。

さらに説明を加えれば、本家の又三郎は、将軍家をはじめ諸家からひっぱりだこの刀剣の目利《めき》きと研摩を生業《なりわい》として江戸に在住している。一方、分家の当主である次郎三郎の父は前田家から二百石の禄《ろく》をいただく身で、刀剣の目利きや研摩だけでなく書や陶芸など芸術全般に秀《ひい》でた祖父の光悦の後継者として、京の鷹峯に屋敷をもち、金沢と江戸藩邸を行き来していた。次郎三郎も父の代役を担《にな》うことがある。

そんなわけで、嫁ぐ前、前田家にいたころの満は二人と何度か顔を合わせている。とりわけ祖母の寿福院存命中は、ゆかりの子供や若者たちがまるで吸い寄せられるように集《つど》っていたこともあって、二人から刀剣の手ほどきをしてもらったこともあった。

満は女子らしい遊びには見向きもせず、剣術に夢中で、愛らしい姫さまにせがまれれば又三郎も次郎三郎も否《いや》とはいえなかったのだ。

「あの満姫さまが、今はご立派な大名家の奥方さまにございますね」

二人も昔を思い出しているのだろう、次郎三郎が感心したようにつぶやいた。

「立派ではありませんが、お祖母さまを見習《みなろ》うて、精一杯つとめたいと願《ねご》うております。わたくし、お祖母さまのようになりとうて……」

「手前も寿福院さまのような女性《にょしょう》にはお会いしたことがありませぬ。われらのような下々の者まで、わけへだてのう愛しんでくださいました」

次郎三郎がいえば又三郎も、

「手前も大恩があります。寿福院さまが尽力してくださらなんだら、今こうして、本阿弥家は存続してはおりませなんだ。なにもかも寿福院さまのおかげにございます」

その言葉を聞いて、満も思い出した。

「そのことなら、わたくしも覚えておりますよ。光悦の小父《おじ》さまが鷹峯から飛んでいらしたときのことでしょう」

「よう覚えておられますね。まだお小さかったのに」

「江戸へ移って一年ほどでしたから、七つでした。でも忘れはいたしませぬ。あのときのお祖母さまときたら、なにかにとり憑《つ》かれたように、そう、ご自分のお命さえ投げ出さんばかりで……あんなお祖母さまを見たのは後にも先にもはじめてでした」

「祖父はなにも口にしませんでしたが、あのときのことは手前も父から聞きました。本家の一大事というので祖父は青くなって江戸へ駆けつけた。真っ先に寿福院さまにおすがりしたそうで……。父は申しておりましたよ。寿福院さまと祖父は、若いころからの知り合いだったようだ、と。どういういきさつかは父も知らぬようでしたが、寿福院さまのお噂《うわさ》が出ると祖父は耳をそばだて、いつも気にかけていたそうで……」

「そういえば、寿福院さまは鷹峯の小父殿の書や陶器を大切にされておられましたね。そうそう、妙顕寺《みょうけんじ》の本堂再建のときも、わざわざ江戸から小父殿に揮毫を頼んでくださったとか」

「祖父はたいそう喜んでおりました。寿福院さまがご逝去《せいきょ》されたときは、訃報がとどいてから数日間、筆を持とうともせず、刀にも触れず、それこそろくに呑《の》み食いもしないで御堂にこもり法華経を唱えていましたよ」

三人は逆修塔を見上げる。

「お祖母さまと小父さまは、いったいいつ知り合うたのでしょうね」

寿福院は前田家初代利家《としいえ》の側室であり、三代藩主利常《としつね》の生母である。寿福院と光悦にかってどのようなつながりがあったにせよ、側室になってからの寿福院が光悦と親交を深めていたとは思えない。生涯の大半を京で暮らした光悦とそのほとんどを金沢と江戸で生きた寿福院が相まみえたのは、実際ほんの数えるほどであったろうし、他者の目にさらされた中でのごく短い交流でしかなかったはずだから。

それでも……と、満は思う。光悦の頼みを叶《かな》えるため一心不乱になっていたあの日の祖母の目には——扁額を見つめていたまなざしにも——並々ならぬ情感があふれていた。利家に先立たれたとき三十だった祖母が、はるか京の鷹峯に芸術村を設け、政争や俗世間のいざこざに背を向けて独り陶芸や書に打ち込んでいた光悦に憧憬《どうけい》と敬愛の思いを抱きつづけていたとしてもふしぎはない。そして、同じことはおそらく光悦にも……。

しかも二人は、いずれも日蓮宗の熱心な信徒だった。

「ともあれ、お二人が互いを敬慕しておられたことだけはたしかです。きっとそれは生涯、変らなかったのでしょう」

満がいうと、又三郎も次郎三郎もうなずいた。

「同志、恩人……か。いや、なんだろう」

「父の体調があまりようないそうです。手前は明朝、京へ発《た》ちます。帰ったら父に訊いてみます」

「いいえ。詮索《せんさく》する必要はありませぬ。お二人のことは、そっとしておいてさしあげましょう。今はきっと彼岸で会うておられますよ。それがお二人にとって胸ときめく幸せなひとときであるのでしたら、それだけで十分」

そうであってほしいと満は思った。晩年こそ、前田家当主の生母として、また奥を仕切る家刀自《いえとじ》として、皆の尊崇を集めた祖母だったが、その人生が平坦《へいたん》なものでなかったことは満も断片的ながら教えられていた。

——大切なのは「今」なのです、あの世ではなく現世。

——女子だからというて手をこまぬいていてはなりませぬ。

——闘うのじゃ。されど声を荒らげるのではない、笑顔で闘うのです。

祖母の教えは胸に刻まれている。

「そろそろ帰らねばなりませぬ。ほら、従者たちも待ちくたびれています」

三人は並んで、もう一度、寿福院の逆修塔に合掌した。これから境内をめぐるという二人と別れて、満は山門へ向かう。

晩春の空はにわかに曇って、いつ雨が降り出すか。此経難持坂を下りる際は河本に勧められるまま、満は素直に駕籠《かご》へ乗り込んだ。

二

「い、今、なんとッ」

千代保《ちよぼ》はうわずった声で訊き返した。

「本阿弥本家のご当主が……御城中で、急死、された？」

「いえ、千代田のお城でご不調を訴えられたときはまだ、ご自身でお歩きになることも出来ましたそうで……。土井大炊頭《おおいのかみ》さまが御自らお手を引いてお駕籠にお乗せくださったとか。石町《こくちょう》のお宿へお帰りになり、一度は快方に向かわれたそうにございますが……」

たった今、知らせをうけとったばかりだという家臣の話では、将軍家から奥医師が遣わされたものの、二度目の発作には手のほどこしようがなく、刀脇差目利《かたなわきざしめきき》指南役として前将軍秀忠の信頼篤《あつ》かった本阿弥光室《こうしつ》は帰らぬ人になってしまったそうである。

「まだ、さほどのお歳《とし》ではあるまいに」

「四十三とうかがいました」

「なんとまあ……」

加賀前田家の三代当主・利常の生母で、江戸辰《たつ》の口《くち》の上屋敷で暮らす千代保が、なぜ本阿弥家の当主の死にこれほど驚いたかといえば、前田家は初代利家の時代から本阿弥家と親交を重ねてきたからだ。

現に今、本阿弥家の分家の当主である光瑳《こうさ》は、前田家から禄をいただく家臣団にその名を連ねている。分家は父の光悦以来、京の鷹峯の屋敷で暮らしているが、呼ばれれば金沢や江戸へも飛んでくる。多忙な光瑳に代わって息子の次郎三郎が江戸へやって来ることもしばしばで、そんなときは次郎三郎が年齢の近い本家の又三郎をともなって千代保のもとへ機嫌うかがいに訪れるのが決まりだった。千代保も次郎三郎から鷹峯の様子を聞くのが楽しみで、青年たちの訪れを心待ちにしていた。

「京へはもう知らせをやったのですか」

「むろん、真っ先に」

「又三郎どのはさぞや動転しておられましょう。すぐにも駆けつけてやりたいが……」

千代保は人質として江戸にいる。江戸幕府を開いた徳川家康が大坂夏の陣で豊臣を滅ぼしてから十年、天下は盤石になったように見えるが、いまだに油断は禁物だった。諸大名家は江戸屋敷へ正室や生母を人質として住まわせることで、幕府に恭順の意を示している。人質は気軽に外出もできない。

とはいえ、前田家は別格だった。三年前に死去した利常の正室は、前将軍秀忠の娘である。千代保自身も将軍家の信頼を得ていたから、幕府の顔色をうかがって家にこもっているわけではない。目と鼻の先の石町へ駆けつけるのを遠慮したのは、騒動の最中、本阿弥家によけいな気づかいをさせたくなかったからだ。

千代保は家臣に命じ、当座の足しにするようにと、お悔やみの文をそえた金子《きんす》を石町の宿へ届けさせた。あいにくこのとき前田家の江戸屋敷に本阿弥家の分家の者はだれも滞在していなかったので、その後のなりゆきも正確にはわからなかった。千代保は噂に耳をそばだてながら、本阿弥の本家の家督相続を気にかけていた。

継嗣《けいし》の届け出を済ませる前に当主が死去した場合、通常は改易になる。刀脇差目利指南は将軍家より「刀や脇差に折り紙をつける」――つまり鑑定の保証をする――特権を与えられていた。継嗣が未定とみなされれば本阿弥家は改易、特権も奪われてしまう。

よもやとは思うが……。

気を揉《も》んでいたところへ、知らせがとどいた。

「たった今、本阿弥光悦さまがご到着されました」

「光悦？　もしやあの、光悦どのが……」千代保はわが耳を疑う。「ご当主ではのうてご隠居の光悦どのが、京からはるばる、お越しになられたのか」

大坂夏の陣の後、家康から賜った鷹峯の地に芸術家を集めて芸術村をつくった光悦は、養子である甥《おい》の光瑳に家督を譲り、自身はほとんどこもりきりで創作に勤《いそ》しんでいた。駆けつけるとしたら、前田家の家臣でもある光瑳だと思っていたのだが――。

「光悦さまは、なにをおいても御方さまにお目にかかりたいとの仰《おお》せにございます」

「わらわに、会いたいと……」

お供衆長屋で待たせていると聞いて、千代保は御客の間へ通すよう命じた。侍女が退出するや鳩尾《みぞおち》に手を当てて動悸《どうき》を鎮《しず》める。

よもや、この世で今一度、相まみえる日が来ようとは……。

最後に会ったのは、何年前だったか。

千代保は指を折って数えてみた。自分が五十六だから、光悦は六十八になるはずだ。とうに隠居している男が、当主を差し置き、老体に鞭打《むちう》って駆けつけたということは、よほど切羽つまった事情があるにちがいない。

それにしても、あの高齢でよう長旅を……と、半ば呆《あき》れ、半ば驚愕《きょうがく》する。

来客用の打掛に着替えるのも、化粧をしなおすのもやめた。自分が為《な》すべきことは一刻も早く光悦が江戸へ駆けつけたわけを聞き出して、救いの手をさしのべることである。

ひとつ息を吐き、千代保は腰を上げた。

光悦は畳に両手をついて平伏していた。

十徳に似た綿入れ羽織に小袴というでたちで頭巾をかぶっている。手甲脚絆《きゃはん》の旅姿でこそないものの、赤らんだ頰と鼻を見れば、寒風の中、とるものもとりあえず駆けつけた様子が見てとれる。

こんなに小柄なお人だったか……。

千代保は意外な思いに打たれた。実際に目の前にいる光悦は小柄というより中背で、しかもどっしりした体つきだったが、若き日の姿を幾度となく思い浮かべているうちに千代保の頭の中でその存在がどんどん大きくなり、名声の高まりとも相まって実物以上の偉丈夫をつくりあげていたのだろう。

「面《おもて》をお上げください」

昂《たかぶ》りを隠しきれずにうながすと、光悦は意を決したように顔を上げた。二人は目を合わせる。

たしかに老いていた。が、それは長旅の疲れか、でなければ自ら駆けつけなければならぬほどの災難がふりかかったせいだろう。眼窩《がんか》が落ち窪《くぼ》み、白目は充血しているものの、よく見ればその顔にシワはほとんどなく、昔よりむしろ福々しくなったようで、肌も艶々《つやつや》していた。目鼻や口元にいたっては、若き日の面影がそっくりそのまま残っている。

「わたくしに話があるそうですね。うかがいましょう」

なつかしさに声をつまらせながらも、千代保は単刀直入に切り出した。訊きたいことは山ほどある。が、積る話をはじめたら何日もかかってしまいそうだ。今は感傷にひたっているときではない。

光悦はおもむろに手を合わせた。

「寿福院さまのお力をお借りしとうて、厚かましゅうも参上つかまつりました。他には手だてを思いつきませず……」

千代保はうなずいた。

「ご本家の家督相続のことですね。光室どのの急逝には、わたくしも胸を痛めておりました」

「早々にお気づかいをいただいたそうで、本家の者どもに代わりまして厚く御礼申し上げます」

「礼などいうておる暇はありますまい。なんぞ、忌々《ゆゆ》しき事態になっておられるのではありませんか」

「さよう。この機に折り紙をつける権限を当方に……と画策いたす者は、一人や二人ではありませぬ」

光室は前将軍秀忠のお気に入りだった。が、秀忠は二年前に嫡子の家光に将軍位を譲っている。しかも光室の嫡子の又三郎はまだ二十三歳だ。そんな若輩者を引き立てるのかと横槍《よこやり》を入れる者たちが現将軍家光を焚《た》きつけているようで、本阿弥の本家は目下、改易の憂《う》き目にさらされているという。

「さようなことではないかと案じておりました」

千代保も眉を曇らせた。

「なにとぞ、なにとぞお力を……」

光悦はまたもや両手をつく。

「わたくしに出来ることがあればむろん……なれど、殿の口から、となるとかえって事を荒立てるやもしれませぬ。珠姫《たまひめ》さまがおられたなら、快くお力を貸してくださったでしょうが……」

母のたっての願いとあれば、利常は将軍に進言をしてくれるかもしれない。けれど前田家は大大名なだけに微妙な立場にあった。下手に動けば周囲の反発を招きかねない。利常の正室の珠姫は前将軍秀忠の娘だから、生きていればこんなとき口を利いてくれたはずだが、残念ながら三年前に死去している。

困惑顔の千代保を見て、光悦は身を乗り出した。

「訃報が届いたその日に、手前は本法寺《ほんぽうじ》へ飛んでゆきました」

あッと千代保は目をしばたたいた。

「なぜか、そうせずにはいられなかったのです。訃報には本家の危うさが記されており、なにか手だてはないものかと思うたとたん、自然に足が……」

「本法寺……なつかしゅうございます」

「山門をくぐり、開山堂に詣《もう》でて、あの庭を眺めました。そのとき、御方さまのお顔が浮かんできたのです。すると、御聖人さまのお声が聞こえたような気が……。江戸へゆけ、寿福院さまにお願いせよ、と」

「わたくしにはなんの力も……」いいかけて、千代保はぱっと目を輝かせた。「まあ、わたくしとしたことが……なぜ今まで思いつかなんだのでしょう。そう、養珠院《ようじゅいん》さまがおられました」

「養珠院さまと仰せられると、あの、於万《おまん》の御方さま……」

「ええ。権現《ごんげん》さまのご側室で、頼宣卿《よりのぶきょう》と頼房《よりふさ》卿のご生母さまです。わたくしたちはともに闘う約束をいたしました」

「闘う？」

老人は目をぱちくりさせた。

千代保は真顔でうなずく。

「女子とて闘わねば。於万さまはわたくしより十以上お若うあられますが、それはそれは気丈なお方です。あの久《く》遠寺《おんじ》の御難のときも……」

「おう。さようじゃったッ。日遠上人《にちおんしょうにん》さまのお命をお助けくださったのは於万の御方さま……」

於万――出家後の養珠院――は家康の晩年の側室の一人で、たいそう寵愛《ちょうあい》されていた。於万が産んだ男児、頼宣と頼房は、尾張家の当主となった腹違いの兄の義直《よしなお》ともども御三家をたて、それぞれ紀州家と水戸家の当主となっている。

於万はまた、熱心な日蓮宗の信徒でもあった。十七年前になるが、浄土宗との宗論に負けて日蓮宗の僧侶《そうりょ》たちが刑罰をうけるはめにおちいった。死罪を申し渡された甲州の日蓮宗総本山、身延山《みのぶさん》久遠寺の僧、日遠の助命嘆願のため、於万は自らの命をさしだそうとした。あわてた家康が日遠を赦免したため、於万も事なきを得ている。

宗教上の争いはこれに留まらない。日蓮宗の中でも受不施派と不受不施派の抗争など、騒動はあとを絶たなかった。が、於万や千代保の闘いとは、どちらかを支持してどちらかを罰するという類《たぐい》のものではない。宗教論争の果てに刑罰をうけるなどもってのほか、命を粗末にしてはならぬ、現世を疎《おろそ》かにしてはならぬ……男ばかりでなく女も、老いも若きも富める者も貧しき者も等しく救われなければならない。そうした信念に基づいた闘いである。

千代保、於万、光悦の共通点は、いずれも日蓮宗に帰依《きえ》していることだった。千代保が江戸で暮らすようになってから千代保と於万は会うたびに親密になっていき、それにともない信仰心もますますゆるぎないものになっていた。千代保が、能登羽咋の妙成寺はむろん中山の法華経寺、身延の久遠寺、鎌倉の妙本寺とたてつづけに五重塔や五輪の逆修塔を建立したのも、京の妙顕寺に十一層石塔を建立、円寿寺《えんじゅじ》の本堂再建に扁額を寄進、さらに池上の本門寺に自らの逆修塔をたてたのも、於万という導き手と親しく行き来するようになってからだ。

「於万さまなればお助けくださいましょう」

千代保がいうと、光悦もようやく愁眉《しゅうび》を開いた。

「光が射《さ》してきたようじゃ」

「容易なことではありませんが、於万さまなればきっと……」

女を不浄として低くみる宗教が多い中で、日蓮宗は女も男と同等に救われると説いている。そのため諸大名や諸将の妻女には熱心な信者が多い。

「すぐにも文を認《したた》め……いえ、わたくしが会いに参りましょう。お顔を見てお願いをしたほうが話は早うございます」

腰を浮かせようとして、千代保は今一度座りなおした。じっと光悦を見る。

「光悦さま。真っ先にわたくしのところへいらしてくださった、それがなによりうれしゅうございます」

光悦も千代保の目を見つめる。

「他に、いずこへ参ると？　江戸に寿福院さまがおられると思えばこそ、こうして飛んで参ったのです」

「わたくしもこれまで、京に光悦さまがおられると思い、なにがあってもくじけまいと生きて参りました。今わたくしがあるのは……いえ、こうしてはいられませぬ」

「されば手前は本家へ」

「いいえ。まずは旅のお疲れを癒《いや》してくださいい。目の下に隈《くま》が出来ておられますよ。

すぐにもお床をご用意させましょう」

本阿弥の分家は前田家の家臣だから、心おきなく滞在できる。侍女を呼び、長屋の一軒に急ぎ光悦の滞在場所をつくるよう申しつけて、千代保はあわただしく御客の間をあとにした。


事はそう簡単には進まなかった。出世や、家名と家督を守るために裏工作をするのはよくあることで、競争相手を引きずり下ろそうと画策する者はいつの世にもいる。本阿弥の本家は身ぐるみ剝《は》がされようとしているとの噂がしきりだった。

どうなってしまうのか。千代保は気を揉んでいた。が、於万に託した以上、うるさく問いただすわけにもいかない。年末のあわただしい時季でもあり、毎日が飛ぶような速さで過ぎてゆく。

「祖母《ばば》さま。見てください。この格好、おかしゅうありませんか」

「どけッ。こっちが先だぞ。お祖母さま。これはどうやって被《かぶ》るの?」

「ねえねえお祖母さま、これ、髪につけてもいい?」

「祖母ちゃま。わたしも打掛が着たい。お花の打掛、ねえお願い」

養女も入れて利常には目下のところ十三人の子供がいる。利常自身にも十七人の異母兄弟姉妹がいて、各々《おのおの》の子供たちもいた。千代保が江戸で暮らすようになってから、継子や孫のだれかれが江戸へ送られてくる。とりわけ利常の正室の珠姫が死去してからは金沢にいた遺児を引きとることになったので、辰の口の屋敷には子供たちの声があふれていた。中でも利常の長女で千代保には初孫になる亀鶴姫は、前将軍秀忠の養女として年明けには津山森家の江戸屋敷へ輿入《こしい》れすることが決まっている。婚礼支度をととのえるのも、もちろん千代保の役目だ。

子供たちにまといつかれ、いつものように笑顔で応《こた》えてやりながらも、千代保は本阿弥家の家督の行方が頭から離れなかった。光悦はどうしているのか。眠れぬ夜を過ごしているにちがいない……。

「祖母ちゃま。どうしたの？　どこか痛いの？」

千代保ははっと目を上げた。いつのまにか他の子供たちはどこかへ行ってしまい、満姫だけがかたわらに座って心配そうに見つめている。

満姫は利常の三女で、昨夏、姉の亀鶴姫、妹の富《ふう》姫や夏姫とともに江戸へ送られてきた。姉とちがって物怖《ものお》じせず、はきはき物をいう。お転婆《てんば》だが天真爛漫《らんまん》な童女を、千代保はだれにもまして愛しんでいた。

「いいえ。痛いところなどありませんよ。そんな顔をしていましたか」

満姫がこくりとうなずいたので、千代保は小さな体を抱き寄せた。

「そなたはやさしい娘ですね。いつも祖母の心配をしておくれじゃ」

「祖母ちゃまがいちばん好きだもの」

母が亡くなったときはまだ物心がつくかつかぬかという幼さだった。満姫にとって千代保は、祖母であると同時に母でもあるのだろう。

「祖母もそなたが愛しゅうてなりませぬ。なぜならね、そなたを見ると自分の幼いころを思い出すからです」

「祖母ちゃまも子供だったの？」

目を丸くして問い返されて、千代保は苦笑する。

「ええ。子供でしたよ。そなたのように、いえ、もっともっとお転婆でした。あのころは……そう、戦《いくさ》つづきでしたから」

「祖母ちゃまもお馬に乗って戦ったの？」

「馬には乗りませんでしたが……むろん闘いました。祖母はいつも闘ってきました」

「そのお話、して」

「いつか、そなたがもう少し大きゅうなったら、お話ししてあげましょう」

「ほんと？」

「ええ。約束します」

千代保が満姫の体を放したとき、庭でガサゴソと音がした。何者か、と身を固くしたのは、満姫にいったように戦の世を生き抜いてきた体にしみついた習性かもしれない。

前田家の屋敷も表と奥に隔てられていたが、将軍家光の代になって取り締まりがいちだんと厳しくなった大奥ほどには、まだ隔離されていない。何事も将軍家に右へ倣《なら》えだからそのうちにはそうなるにせよ、今のところ男子禁制はかたちばかりだ。

とはいえ庭に怪しい者が入り込んだとなれば一大事——。

千代保より先に駆けだしたのは満姫である。縁先で仁王立ちになって両手を広げる。

「だれじゃ。出て参れッ」

驚いたのは千代保だけではなかった。

動転して大木の陰から身を起こしたのは、なんと光悦ではないか。

「まあ、なにゆえ、かようなところにおいでなのですか」

「寿福院さまの御許へゆこうと思うたのじゃが、あまりに広うてどこがどこやら……」

千代保は光悦をにらみつけている満姫の肩へ手を置いた。

「怪しき者ではありませぬ。こちらは本阿弥光悦さまじゃ。そなた、次郎三郎どのに遊んでもろうたことがありましたね。次郎三郎どののお祖父《じい》さまにあらせられる」

ようやく納得した満姫を退出させて、千代保は光悦を座敷へ招じ入れた。

「驚きました」

「驚いたのはこちらにございます。昔に戻ったかと。寿福院さまがご童女だったころに会うたときの……あのときとそっくり同じ……」

光悦はまだ目をしばたたいている。

ぼ「以前もさように仰せでしたね。わたくしはよう覚えておりませぬ。そういえばさようなこともあったかしら、というくらいで……」

よ「お小さかったゆえ無理もないが……にらみつけた御目がよう似ておられました。して、あの娘御は？」

ち「孫娘にございます」

「なるほどなるほど」うなずいたところで光悦はおもむろに腰を上げ、深々と辞儀をした。「今日は御礼に参りました。一刻も早う知らせとうて、つい……」

千代保はあッと声をもらした。

「では、家督相続の件が……」

「お許しが出ました。公方さまより直々に御下知があったそうにございます」

「まあ、ようございました。これで本阿弥のご本家は安泰、又三郎どのもどんなにか安堵《あんど》されたことでしょう」

「なにもかも、寿福院さまのおかげにて……」

「いいえ、於万さまのご尽力があったればこそ」

表向きはともあれ、於万の進言が功を奏したのはたしかだろう。父の秀忠とはとかくちがうことをしたがる家光だが、祖父家康への畏敬《いけい》は並々ならず。その祖父に寵愛された於万の頼みとあれば、耳をかたむけざるをえない。

ひとしきり喜び合ってから、二人は並んで榑縁《くれえん》に座った。しんしんと冷え込んできていたが、そんなことさえ千代保は気にならない。おそらく光悦も同じだろう。

しばらくはどちらも口を利かなかった。会えなかった長い歳月、なにがあったか、どんなふうに生きてきたか、話したい聞きたいと思っていたはずなのに……いざ、こうして並んで座っていると、それだけで十分に思えてしまう。

過去を語り合ってなんになる？　若き日は還《かえ》らない。

ふいに虚《むな》しさがこみあげて、

「わたくしは五十六になりました……」

千代保はため息とともにつぶやいた。

「それをいうなら、こちらは死にかけの翁《おきな》にござるよ。明日をも知れぬ身。いずれにせよ、京へ戻れば、こうして寿福院さまとお会いすることももうありますまい」

常緑の葉におおわれた椎《しい》の大木と赤い実をつけた南天以外は色のない庭に視線を彷徨《さまよ》わせたまま、光悦もかすれた息を吐いた。

二人は冬枯れの庭を眺める。

「本法寺でお会いしたあのころが、まるで昨日のことのように、思えますのに」

「人の一生などあっという間。なれど、そのあっという間の現世こそが久遠《くおん》だと日蓮聖人さまは仰せられた」

「ええ。久遠実成《じつじょう》。であれば今このときも……」

「さよう。これこそ永遠……われらは永遠の中に生きている」

風もないのに、眸《め》の中を枯れ葉がひらひらと舞い落ちる。京に滞在していた若き日、光悦とともに過ごしたひとときを千代保は思い出していた。

三

はて、どこで会うたか……。

光悦は首をひねった。話しかけてきたのは十七、八とおぼしき娘で、いでたちから武家奉公をしているのがわかる。主人の代参か。

若い女性の顔をじろじろ見るのは礼儀に反するとわかっていたが、娘の顔には――とりわけその活き活きとした双眸《そうぼう》には――なつかしく慕わしい、生き別れていた身内と再会したら感じるにちがいない高揚感とでもいおうか、胸をわくわくさせるものがあった。どうしても、目をそらすことができない。

「そなたは、ええと……」

「加賀筑前守《かみ》の屋敷の者にございます。奥にお仕えする千代保……」

加賀筑前守とは加賀、越中、能登の三カ国を治める前田利家のことである。

「おう、そうだ。たしかにその名だった。妙な名だと笑うたら、お生まれになったばかりの姫さまが千世姫さまなので、自分は千代保と呼ばれていると……」

「わたくしがさようなことを申したのですか。いつ？　どこで？」

「越前へ参ったのは……そう、二十三のときだから天正八年か。府中城にて会うた」

千代保がけげんな顔をしているので、光悦は、刀剣の鑑定や研摩を生業としていた父が越前府中城主の前田利家に招かれた際、自分も供をして訪ねたこと、ところが一人で庭をうろついているとき、掃除をしていた千代保に敵方の忍びとまちがえられて、竹箒《たけぼうき》で叩《たた》きのめされそうになった災難について話した。

「そういえばさようなことがあったかも……すみませぬ。まだ奉公に上がって間もないころでしたから」

「いや、覚えておらんのは当然。当時は大戦つづきで物騒な者たちがうようよしておった。戦といえば今も変わらぬが……」

光悦は苦笑した。目の前にいるのは二十三の若者ではなく、三十を過ぎた中年男だ。しかも作庭の下見のために歩きまわっている今はむさくるしい恰好《かっこう》をしているから、千代保にけげんな顔をされてもいたしかたない。

「貫首《かんじゅ》さまなら庫裏《くり》におられるぞ」

そもそも千代保が声をかけてきたのは、貫首の居所を訊《たず》ねるためだった。光悦は庫裏の場所を教えてやった。

本法寺はこれまで一条戻橋の近くにあったが、豊臣秀吉の命令でこの堀川の寺町へ移転させられた。伽藍《がらん》や塔頭《たっちゅう》もまだ真新しく、再興半ばといったところだ。越前から京へやって来て間もない大名家の奥女中なら、勝手がわからなくても無理はない。

光悦は千代保を見送り、下見に戻った。本阿弥家の面々は刀剣の鑑定や研摩だけでなく書画、陶芸、漆塗など様々な分野で才を発揮し、今はまた作庭まで頼まれている。どんな庭にするかで頭がいっぱいで、光悦はすぐに千世保のことなど忘れてしまった。ところが帰りがけ、山門のかたわらで、またもやばったり出くわした。用事を済ませて帰るところか、千代保はさっきとは一変して畏敬のまなざしで話しかけてきた。

「貫首さまからうかがいました。あなたさまは本阿弥光悦さま。ここにお寺を移転する際は、あなたさまもあなたさまのお父上も山ほどのご喜捨をしてくださったそうですね。お二人がおらなんだら再興は成らなかった、大恩人だと感謝しておられました」

　双眸をきらきらさせた千代保は、これまで光悦が見た娘たちのだれよりも美しかった。それも出来上がった美しさ――つまりありふれた美しさ――ではない。色白とはいえない肌も、形はよいが少し大きすぎる目や口も、しとやかというには躍動的にすぎる所作も、なにより聡明《そうめい》さを感じさせるきびきびした口調も、光悦の創作意欲をかきたてるような、奔放で飾らぬ素の美しさだ。

「恩人などとは大仰な……」光悦の口調もはずんでいた。「わが本阿弥家は曾祖父《そうそふ》の代より日蓮宗に帰依しておる。当然のことをしたまでだ」

「わたくしも、幼きころより法華経の教えを学んで参りました。越前府中城へご奉公に上がって、七尾のお城、金沢のお城、守山のお城、そして今は聚楽第《じゅらくだい》のお屋敷におりますが、いつのときもお参りを欠かしたことはありませぬ」

「さすれば、われらはともに日蓮聖人さまの弟子ということになる」

「まあ、うれしいこと。光悦さまのようなお方とこうしてお話が出来るなんて。これもきっと御聖人さまのお導きですね」

次に会う約束をしたわけではなかった。が、光悦は、また千代保に会えると確信していた。ともに日蓮宗徒であり前田家と縁の深い二人が本法寺で出会ったこと自体、ただの偶然とは思えない。二度あることは三度ある。だったらおそらく……。

光悦の予想は的中した。

「光悦さまッ」

次に出会ったとき、千代保は光悦の姿を見つけるや小走りに駆けてきた。今はもう竹箒をふりまわしていた小娘ではない。大名家のれっきとした奉公人である。それもこうして寺社詣でが許されるくらいだから、軽い身分の侍女ではなく自由に動けるだけの立場にあるのだろう。そんな娘に駆け寄られて、光悦のほうが当惑している。

けれど千代保は無邪気そのもの。息をはずませ、屈託のない笑顔を向けてきた。

「なにをなさっておられたのですか」

「作庭を頼まれておる」

「作庭……」

「庭に命を吹き込むのだ。日蓮聖人さまのお心が伝わるよう……」

千代保は「まあ……」と感嘆の吐息をもらした。

「御自らのお手で物を作り出すのは、さぞや愉しゅうございましょうね」

「そなたも、愉しそうだ」

「はい。わたくしも愉しゅうございます。今は小さい姫さまのお世話をさせていただいております。まだみっつになられたばかりで、それはそれは愛らしゅうて……」

　前田利家の奥方は四十半ばになるはずだ。聚楽第の加賀屋敷で女児を産んだのは、近ごろ筑前守の寵愛を一身に浴びていると噂の側室だろう。

「そなたはご側室の御子のご養育係か」

「はい。存《あり》さまは七尾のお城にいたときご奉公に上がられて、わたくしたち、姉妹のように親しゅうして参りました。ご側室になられてからも仲ようさせていただいておりましたら、奥方さまが、存さまのお世話をするように、と」

　姉妹のように気安い仲なればこそ、千代保もある程度の勝手が許されているのだろう。おそらく存という側室も、賢明で闊達《かったつ》な千代保を頼りにしているにちがいない。

その後も二人は本法寺で何度か顔を合わせた。光悦を見つければ、千代保はうれしそうに駆けてくる。光悦もいつしか千代保との再会を心待ちにするようになっていた。会えば伽藍や塔頭をめぐって建立のいきさつを説明してやったり、寺に所蔵してある自分の作品を見せてやったり、貫首の日通上人をまじえて宗教談議に花を咲かせたり……関東でまた大戦がはじまろうとしている不穏な時季ではあったが、そんな世情とは無縁の穏やかなひとときを分ち合う。

光悦は、天真爛漫な千代保――千代保の発散する生命力のようなもの――に魅せられていた。が、だからといって、それがなんなのかつきつめて考えることはしなかった。光悦は創作にとり憑かれている。千代保は日々、忙しく働いているようだ。二人は目の前の暮らしに満ち足りている。

「存さまにまた御子が生まれるのですよ。お二人目の御子。ああ、男子だったらよいのだけれど……」

ある日、千代保は興奮もあらわに知らせてきた。側室腹であっても、子は前田家の宝である。早世してしまう子供が多い中、男子はむろん、女子も他家と縁を結ぶための政略の要《かなめ》として欠かせない。

「お手柄だというので、存さまはお殿さまから、七尾のゆかりのお寺のお屋敷を拝領するお許しをいただいたのですよ。わたくし、恵眼寺《えげんじ》の和尚《おしょう》さまに御礼の御文を代筆いたしました。念願が叶って、われらひとしお、かたじけのう、うれしゅう存じ参らせ候……というような御文を」

まるで自分が一国一城を手に入れたような高揚ぶりに、光悦は噴き出した。まじまじと千代保の顔を見る。自分自身も世事には疎《うと》いほうだが、それでも人の世の妬《ねた》みや足の引っ張り合いならいやというほど耳に入っていた。千代保と存はともに奉公していたそうだが、千代保は出世した同輩に嫉妬《しっと》や僻《ひが》みを感じることなどないらしい。「われらひとしお」というその言葉に、千代保という娘の心の清らかさが凝縮しているようにも……。

それからはぱったりと千代保に会わなかった。日通上人によれば、前田家の側室はめでたく男子を産んだそうだから、千代保もてんてこまいで、一瞬の気もぬけず赤子の側についているのだろう。

そうこうしているうちにも世の中はめまぐるしく移り変わる。今や並ぶ者のない権力者となった豊臣秀吉は、大海のかなた、明国へ触手を伸ばそうとしていた。出陣のための準備に大名諸将の屋敷はいずこもあわただしさを増している。

光悦が千代保と再会したのは、十月ほど経《た》った天正十九年の秋のはじめである。光悦の庭もとうに完成して本法寺へ足を向けることも稀《まれ》になっていたから、千代保と出会う機会がなかったのだろう。

千代保は、開山堂で合掌していた。合わせていた手をほどき、体の向きを変えて光悦を認め、あッと声をもらした。その顔にはにかんだような笑みが浮かんだが、それだけで、以前のように駆け寄ってはこなかった。

「久しぶりだのう。達者で働いておったか」

双方から、ぎこちなく歩み寄る。

「赤子の世話で手いっぱいだろうと思うていた」

「はい。賢い御目をした男子にございます」

「それはめでたい」

「なれど、存さまのおかげんがすぐれませぬ。殿さまは肥前名護屋へお供するよう仰せなのですが……」

産後の肥立ちがわるいのか。

渡海のため、目下、肥前に名護屋城が築造されていた。来春には秀吉の大軍が出陣するはずで、股肱《ここう》の臣《しん》である利家も当然ながら参戦する。利家は糟糠《そうこう》の妻であるまつではなく、若い側室の存を同行させるつもりでいるようだった。千代保によれば、秀吉自身も正室のおねではなく側室を伴うことにしており、まつは端《はな》から同行する気がないという。それだけでなく、秀吉の養女となり宇喜多家に嫁いだ前田家の四女の豪《ごう》が病を得て臥《ふ》せっているため、遠国へ行くなどもってのほかと拒んでいるらしい。

「存さまというたか、病とあればいたしかたあるまい」

「だれかが行かねばなりませぬ」

千代保はいおうかいうまいかと思案しているようだった。

光悦ははっと千代保の目を見る。

「よもや、そなたが……」

「まさか、わたくしなど……。でも存さまはときおり突拍子もないことを仰せられます」

千代保は笑おうとしてふっと眉をひそめた。その顔を見ただけでは、存の代わりに名護屋へゆく話が実際にあるのかどうか、もしあったとしたら千代保はどうするつもりか、光悦には判断がつかなかった。万にひとつ、それが事実となったとき、千代保に藩主のお手がつくこともないとはいえない。うがちすぎかもしれないが、存のために心ならず……といいつつも出世の手蔓《てづる》と考える野心も、多少はあるのではないか。人とはそういうもの。

いや、この娘にかぎって──。

光悦はたとえ一瞬でもそんなことを考えた自分を恥じた。千代保は──自分にとっての千代保は──邪心とは無縁の清らかな娘である。

「庭を見てくれ」

光悦は千代保をうながした。千代保は黙ってついてくる。

光悦の庭は枯山水で、書院の東側から南側へつづいていた。三カ所に築山《つきやま》、東南の隅に石造りの枯滝を配し、滝の水は縦縞《たてじま》模様の石で表している。

「巴《ともえ》のお庭ですね。貫首さまから教えていただきました」

「うむ。あの半円の石板を組み合わせた円が日の字石……」

「向こうの蓮池と併せて日と蓮、日蓮聖人さまにございますね」

二人は書院の縁に座って、華やいだ季節が翳《かげ》りをおびてゆこうとしている初秋の庭を眺めた。

「いつだったか、本阿弥家は曾祖父の代から日蓮宗に帰依したと話したが、そもそものはじまりは、獄中で曾祖父とこの寺の開祖、日親《にっしん》上人さまが出会ったことだった」

光悦はぽつりぽつりと語りはじめる。

「曾祖父は、刀剣のことで足利将軍の怒りを買い、獄へ投じられた。日親上人さまは、日蓮聖人さまのように世の中を良くする手だてを将軍家に直訴して、延暦寺など他の宗派からも迫害をうけた。獄中でも酷《ひど》い拷問《ごうもん》をされたそうな。舌の先を切り取られ、真っ赤に焼けた鍋《なべ》を頭にかぶせられて……」

「わたくしも聞いております。獄から出ても鍋をかぶったまま、鍋かぶりと囃《はや》されても辻説法をおやめにならなかったとか」

「反骨の人だ。熱い血が通うたお人だ。日蓮聖人さまの教えを広めるために生涯を捧《ささ》げられた。そんな尊き方々の魂をいかにして庭に留めるか。さんざん悩んだ末にたどり着いたのが、この庭だ」

「お見事にございます。わたくし、何度も拝見しておりますよ」

「ほう、見てくれたか」

「むろんにございます。以前のようにたびたびは参れませんでしたが……辛《つら》いとき苦しいときはお庭に慰めていただきました」

「そなたにも辛いときがあったとは……」

「それは……いえ、わたくしも心を強うもつよう努めます。どこにおりましても光悦さまのこのお庭を思い出して……」

そろそろ行かなければ、と、千代保は人差し指で目頭を押さえた。

ほんの一瞬、光悦は引き止めそうになった。もし声に出していたらなんといっていたか。「行くな」といえるほどの仲ではない。けれど、このとき光悦の胸にこみあげていたのはまごうことなき焦燥、今ここで別れたら生涯二度と会えないのではないかという不安だった。たった今、見てしまった涙のように、きらきらと輝いていたものが月日とともに精彩を欠いてゆくのではないかという恐れにも似たいたたまれなさ……。

「お会い出来て、うれしゅうございました」

その言葉を遺して千代保の姿が消えたとき、光悦は、これまでの半生で感じたことがなかった寂寥感《せきりょうかん》にとらわれていた。数多《あまた》の出会いと別れをくりかえしてきた自分が、もっと深いつきあいならいくらでもあった中で、なぜ、互いのことをよく知りもせず、さほど親しいともいえない千代保との別れに胸を衝《つ》かれたのか。

光悦は両手で左右の頰をぴたぴたと叩く。

光悦が聚楽第の加賀前田家で屋敷奉公をする千代保を見たのは、それが最後だった。

翌年三月、初夏の陽射《ひざ》しの中を、秀吉率いる朝鮮と明国征伐の大軍は肥前名護屋城へ向けて出立した。秀吉は作り髭《ひげ》をつけ、唐織の袴に金糸で縫い取りをした陣羽織、黄金の鞍《くら》をつけた馬に乗っていた。猩々緋《しょうじょうひ》の羽織を着た馬廻、豪華な輿の列がつづく。女たちも百人二百人の大隊である。大名諸将の軍勢も各々の屋敷を出て行列に加わる。

創作に没頭している光悦だから、本来なら行列を見ようとは思わなかったはずだ。前田家は大切な庇護者《ひごしゃ》でもあるので、すでに父とともに武運長久を言上する挨拶にもおもむいていた。実はその際も、千代保にばったり会えぬものか、噂なりと聞けぬものかと耳目をそばだてていた。が、徒労だった。そこで、行列に目を凝らすことにしたのである。

前田軍の行列にも女輿が見られた。輿には数十人の侍女が従っていた。侍女の中に千代保の姿はない。輿の中にだれが乗っているかもわからない。

「さて、どなたがお供されたのか」

侍妾《じしょう》の一人だろうというだけで、だれも知らなかった。

「名護屋へお供した女子がお胤《たね》を宿したそうな」

「金沢へ帰されて男子を産んだと聞いたぞ」

「千代、いや、たしか千代保さまとか……」

光悦が千代保の噂を耳にしたのは、翌年も終わろうというころだった。

勇ましい出陣も、やがては失敗に終わることになる。

再び争乱の時代がやって来た。

秀吉の甥の秀次一族がむごたらしく三条河原で成敗された。聚楽第は跡形もなく破壊された。伏見に城が築かれたものの、ほどなく秀吉が世を去った。その後は関ヶ原の合戦、さらに大坂冬の陣と夏の陣。豊臣家は壊滅して徳川の世がはじまる。

前田家は大国のまま生き延びた。

利家の死後、千代保は寿福院と呼ばれた。ずいぶん時は経っていたものの、名護屋城で千代保が宿した男子が三代藩主になったと聞いたときの光悦はどれほど驚いたか。寿福院は今や藩主のご生母さまである。

なんと、あのときの、はずむように駆けてきた娘が——。

寿福院の名を耳にするたびに光悦は頬をゆるめる。そのくせ首を横にふり、深々とため息をつく。ほんの少し胸がざわめいたかと思えば、名状しがたい寂寥感におそわれる。

この気持ちは、いったいなんなのか。

考えても考えてもわからなかった。もしかしたら作品を生み出すときに一瞬恍惚《こうこつ》とさせてくれる命の輝きとでもいうべきものを、千代保に重ね合わせているのかもしれない。あまりにも儚《はかな》く、手を伸ばしてもつかめず、だからこそ永遠だともいえる面影に……。

歳月は流れた。

光悦は老いた。が、いまだ輝きを追い求めるがごとく創作に没頭している。そしてときおり行き詰ると、本法寺へおもむいて遠い日の思い出にひたる。記憶のかなたから立ち現れるのは、なぜか決まって、童女のように目をきらきらさせた千代保の面影だった。

鬼退治

一

晴れたり降ったり曇ったり、このところ空模様がくるくる変わる。今朝は晴れていたのに、午《ひる》を過ぎたらもう雲におおわれている。

幾世《いくよ》は門前で足を止め、思わず笑い出しそうになった。かろうじてこらえ、口をへの字に結ぶ。それでもくちびるの縁がふるえて目が泳いでいる。

目の前で、家を訪ねてきた客人がぬかるみに足をとられた。真面目《まじめ》くさった武士、というだけでもおかしいのに、肩で風を切って歩いてきたから、たたらを踏んだ恰好《かっこう》がことさら滑稽《こっけい》に見えた。むろん、こんなとき笑うのはいけないことだ。そもそも笑うこと自体、今ははばかられる。上木《うわき》家は当主を喪《うしな》って間もなく、家中が悲しみに沈んでいる最中なのだ。

幾世もさっきまで神妙な顔で仏間に座っていた。が、握り飯を見たとたん腹が鳴って、真っ先に手を伸ばした。悲しくても腹は空く。八歳の子供ならなおのこと。姉に膝《ひざ》をつねられ、母に見つからないよう、おもてへ飛び出したところだった。

「美味《うま》そうだのう」

武士が握り飯に目を向けたので、「よこせ」と言われたらたいへんだと幾世は背中へ隠してあとずさりをした。武士は苦笑する。

武士は幾世の異母兄と似たような年恰好だった。といっても幾世の母は四男五女を遺《のこ》して病死した姉の夫のもとへ嫁いだので、年長の異母兄が生きていればすでに四十を超えている。幾世は物心ついてしばらく、今や家長たる二番目の兄が父で、亡父の上木新兵衛《しんべえ》が祖父だと信じ込んでいた。

「上木のご当主はおるか」

「父さまは、死んだ」

「兄者がおるはずだ」

「兄者も、死んだ、戦で」

「他にもおろう、そなたの兄は」

「次郎兵衛兄さまなら畑にいる」

「では呼んできてくれ。笠間與七《かさまよしち》が訪ねてきたと言うての。拙者は線香をあげさせてもらおう。母者にもお悔やみを……」

笠間與七はそこで、とってつけたように空咳《からせき》をした。

幾世はあッと目をしばたたく。そういえば亡父から名前を聞いたことがあった。よく見れば顔も見たことがあるような……。

「呼んでくる」

畑へ向かって駆け出した。

畑は八幡神社の先にある。自家の畑ではなく、同族の農家から借りうけたものだ。

上木新兵衛は、越前国の守護大名だった朝倉義景《よしかげ》の家臣で、かつては朝倉家の本拠地、一乗谷《いちじょうだに》に住んでいた。幾世が生まれたころの新兵衛は一乗谷の御館《おやかた》より府中の守護所に詰めていることのほうが多かったが、一家は谷の屋敷で暮らし、幾世も――記憶は断片的で曖昧《あいまい》だったものの――姉たちといっしょに一乗谷川の河原や寺社の境内で遊んでいた。

一家の暮らしが一変したのは四年前、天正元年の夏だ。織田軍との大戦が始まるというので、異母兄四人のうち下の二人は、菩提寺《ぼだいじ》だった経王寺《きょうおうじ》の縁を頼って京の妙顕《みょうけん》寺《じ》へ預けられた。母と他の子供たちは上木一族が多く住む高木村へ逃れた。一乗谷が焼きはらわれて朝倉家が滅亡したのち、かろうじて生き永らえた新兵衛と次男の次郎兵衛も家族のもとへ逃げ帰った。残党狩りの憂《う》き目をみずにすんだのは、郷士《ごうし》を身方にとり込んで越前をつつがなく治めるべしとの織田方の意向があったためだろう。新たな土地を統《す》べるには、寺社の所領や郷士の農地を安堵《あんど》して人心を掌握しなければならない。いや、混乱に乗じて力を増し、合戦後に蜂起した一向一揆に織田軍は手を焼いていたので、残党狩りなどしている余裕はない、というのが本音だったのかもしれない。

おかげで、上木家は高木村の一隅にささやかな家を建て、戦の後遺症と寄る年波から病がちになってしまった新兵衛を囲んで、畑地を耕したり馬を飼育したりしながらつつましく暮らすようになった。とはいえ不安が一掃されたわけではなかった。嫡男《ちゃくなん》に家督を譲ってもいまだ実権を握っている覇軍の大将、織田信長は、苛烈《かれつ》な気性がつとに知れ渡っている。府中の統治を任された三人の大名――とりわけ府中城の主となった前田利家――も、一向宗徒への過酷な懲罰で人々の恐怖心を煽《あお》り立てていた。

「今は身をひそめておることだ。そのうち自《おの》ずと道は拓《ひら》ける」

新兵衛は勇み立つ息子を諫《いさ》めた。それでいて、自身は体調がよいと府中へ出かけ、知人を訪ね歩いていたようだ。高木村は府中城から日野川を渡って半里ほど。近郊ではあってても田舎にこもってばかりいては世情に疎《うと》くなる。ゆくゆくはこれぞという武将の旗下へ馳《は》せ参じて、武士らしい働きをしたいと志を抱いていたにちがいない。

「兄さまーッ」

畑地の先の竹囲いの中にいる兄を見つけて、幾世は大声で呼びたてた。雨が来そうなので、兄は放牧していた馬を連れ帰ろうとしている。

「幾世か、どうした？」

顔を向けたのは兄だけではなかった。手前の畑地で蕪《かぶ》を引き抜いたり葉を摘んだりしていた異母や同母の姉たちも幾世に手を振る。上木家だけでなく母方の実家の山崎家も朝倉の家臣だったから、朝倉家が存続していれば、娘たちはれっきとした武家の姫で、泥にまみれて畑仕事を手伝うことなどなかったはずだ。

かたわらに一人、男児がいた。

「あ、姉ちゃんだッ」

男児はうれしそうに駆けてきた。色白の肌が日焼けして赤くなっている。目鼻立ちは人形のように愛らしく、どことなく品もあって、中剃《なかぞ》りのある短髪を伸ばして切りそろえれば公家《くげ》の子でもとおりそうだ。

「新十郎《しんじゅうろう》もいたのか」

幾世は男児の体を抱きとめた。弟ということになっているが、六歳になる新十郎は上木家の子ではない。二年前の初冬に新兵衛が府中から連れ帰った。由緒《ゆいしょ》ある家の子というだけで詳しいことは明かされず、家族も詮索《せんさく》しなかった。けれど臨終が近づいたある日、妻女と息子を枕辺《まくらべ》に呼んで遺言をした際、新兵衛は新十郎の素性についても打ち明けたようだ。

幾世は新十郎と手をつないで兄のところへ駆けていった。

「笠間なんとかいうお侍さまが来て、兄さまを呼んでこいって」

息をはずませながら伝えると、兄は眉《まゆ》をひそめた。

「もう来たのか。四十九日にもならぬのに」

「知ってる人？」

「まあな。さようなことより……」

兄は新十郎を見た。幾世が思わず新十郎の手を握る手に力を籠《こ》めたのは、無意識のうちにも兄のまなざしに不穏な気配を感じとったからかもしれない。

「ねえ、笠間なんとかってだれ？」

「前田の家臣だ」

「あッ、鬼の……兄さまを、捕まえにきたの？」

「それはなかろう。父上の話では、軽き身分なれど、ここのところ殿さまの御覚えめでたく、重用されておるらしい。今後はなにかと相談するように、とも」

死期を悟った新兵衛は、自分が死んだあとのことを考えていたのだろう。乱世を生き抜くには人を見る眼がなにより大切だ。

「前田は嫌い。鬼だから」

「一昨年の千人斬《ぎ》りの噂《うわさ》なら……いや、子供にはわかるまい。先だっての検地で父上の前田を見る眼もだいぶ変わられたようだ。前田の殿さまは存外、気骨がありそうだというておられたぞ。ただし、厄介な問題もある」

「厄介って？」

「まあ、よい。今さらじたばたしてもはじまらぬ」

兄は手を伸ばして新十郎の頭を撫でた。

「おれが戻るまで、家へは帰るな。こいつとここにいるんだ」

いいな、と幾世に念を押して、兄は家の方角へ歩き去った。

どうしたの、なにがあったのと姉たちも集まってくる。前田家の家臣に命じられて兄を呼びにきたと話すと、娘たちは一様に身を震わせた。千人斬りというのは、天正三年の八月、前田利家が雛が岳を攻めたときの話で、捕えられた者たちは磔《はりつけ》にされたり釜茹《かまゆ》でにされたりと一人残らず残虐《ざんぎゃく》きわまりない手段で殺害された。以来、前田への恐怖と反感は、とりわけ女子供のあいだで一気に高まっている。

「比叡山《ひえいざん》を焼き討ちした織田の武将だもの。そのくらい平気でするに決まってる」

「織田といえば、長島の一揆《いっき》衆を二万人も焼き殺したんだってね」

「でも一乗谷にあったお寺は、宗派を問わず安堵されるみたいよ。府中で再興されるって聞いたけど」

ぼ「どうだか。次は法華経が目の敵にされるかも」

上木家の菩提寺の経王寺は、身延《みのぶ》の久遠寺《くおんじ》を総本山とする日蓮宗の末寺で、京の妙顕寺とも深いかかわりがあった。上木一族は代々、熱心な日蓮宗徒である。今のところ織田も前田も日蓮宗には異を唱えていないが、一向一揆という大敵が消え去れば、厳しい目を向けてくる心配もあった。

よ「とにかく今は畑、蕪を穫《と》らなくちゃ」

「そうね。父上は蕪漬けがお好きだったからお供えしましょう」

ち「幾世も手伝って。ほら、新十郎もいらっしゃい」

まだ新十郎の手をつかんだままの幾世は、畑へ戻ってゆく姉たちのあとにつづく。

二

その夜の上木家は重苦しい空気につつまれていた。

父さまがいなくなって悲しいのはわかるけれど――。それだけではないようだ。兄はいつにもまして無口で、箝口令《かんこうれい》を敷かれているのか、姉たちも不安そうに目くばせを交わし合うばかり。幾世は気になってしかたがない。

母は、といえば、何事もなかったかのように――戦に出かける夫や息子を見送るときのように――きびきびとふるまっていた。けれど幾世の目には、子供たちを動揺させないためにことさら忙《せわ》しげにふるまっているようにも見える。

なにも知らされていないのは、自分と妹の八重と新十郎だけらしい。そのことがなにより腹立たしかった。八つになる自分が、童女や小童《こわらわ》とひとくくりにされるとは……。

夕餉《ゆうげ》が終わるや、母は新兵衛の死後いつもそうしているように仏間へこもってしまった。姉たちもとりつく島がない。どうしたものかとひとしきり思案にくれ、「そうだ、もう一人いたッ」と幾世は目を輝かせた。思い浮かべたのは兵吉の顔だ。

兵吉は老僕で、一乗谷に住んでいたころから上木家に仕え、新兵衛が御館と守護所を行き来する際は馬の口取りなどを務めていた。朝倉家滅亡後は他の従僕や下女のように行く当てがなかったために、高木村までついてきた。今は腰が曲がり目も不自由なので、馬に飼葉をやったり縄をなったりと簡単な雑用をしている。昼間から好物の酒をちびちびなめているせいか、まぶたの垂れさがった眠たげな眼をしているものの、話好きの気のいい老人である。声をかければ口元をゆるめて欠けた歯をむきだし、身振り手振りで面白おかしく――法螺《ほら》話が大半なのでだれもとりあおうとしないが――得意げに語りはじめる。兵吉なら、高齢とはいえ地獄耳だから、なにか聞いているにちがいない。

兵吉はこの夜も裏庭の丸太に腰を掛けて、美味《うま》そうに濁り酒をなめていた。

「爺《じい》や。これ」

幾世はにぎりしめていた手を開いて干鰯《ほしか》を見せた。兵吉が台所で人目を盗み、ひょいと口に放り込むのを何度も見ている。

「こいつを噛《か》んでりゃ、空腹とはおさらばだ」

兵吉は目を糸のようにほそめて干鰯をつまみ上げた。にやりと笑い、なにか訊《き》きたいことがあるなら言ってみろとでもいうように幾世を見上げた。

「今日、お侍さまが来た。兄さまのとこへ」

「知っとる、笠間さまだ。あのお方はな、前田の殿さまのご家来じゃよ。娘を奉公に出したら腹がでかくなったんだと。殿さまのお胤《たね》だそうで、がぜん運が向いてきた」

幾世は首をかしげる。なんのことかよくはわからなかったが、今は娘のことなどどうでもよかった。

「なにしに来たの？」

「旦那《だんな》さまから頼まれとったからの、善は急げというわけだ」

「父さまに？　なにを頼まれたの」

「後々のことじゃ。ここいらはもう前田さまのご領内になった。上木家もこのままではいられんし……」

三月に行われた検地の際、新兵衛は前田家当主の利家に馬を所望され、二頭しかいない馬のうちの自慢の一頭を献上した。それがたいそう喜ばれて、利家は随従していた笠間に上木家の面倒をみてやるよう命じたという。

「前田は敵だ。戦死した兄さまの仇だ」

「なにをいうとる。朝倉は無うなった。これからは前田じゃ」

父の新兵衛は死んでしまった。長兄は行方知れずで、だれもが戦死したと思っていたが、それでももう一人の兄、次郎兵衛がいた。刀を捨てて畑を耕すならそれはそれでなんとかなるかもしれないが、それでは武家としての上木家の血が絶えてしまう。しかも上木家には前妻と後妻の産んだ都合九人の娘たちがいた。それぞれに武士の夫を見つけてやりたいと父は願い、そのためにも笠間に力添えを頼んでいたという。

「前田の家来に取り立ててもらうにせよ、伴侶《はんりょ》を見つけてもらうにせよ、家柄がものをいう。わかるか、そこが肝心だ。そのためにの、おあつらえの話があるそうな」

母の再婚話だと聞いて幾世は仰天した。父が死去して幾日も経《た》っていない。

「元松倉城主のご家老じゃった小幡九兵衛《おばたきゅうべえ》さまというお方が、今は前田家のご家臣にとりたてられておるそうでの、そのご妻女に、という願《ねご》うてもない縁談じゃよ」

松倉城とは越中国東部の松倉村にある城で、今から七年前、上杉軍に攻められて城主の椎名氏は城を追われた。小幡九兵衛はその後、前田家の家臣になったという。兵吉の話では、先の検地には小幡九兵衛本人も同行しており、幾世の母の美貌《びぼう》に驚き、ひと目でとりこになったとか。

「母さまが、前田の……」

幾世は脳天に雷が落ちたような気がした。言葉をつづけられずにいるのを感激していると思いちがいをしたのか、兵吉は歯をむきだしてうれしそうに笑っている。

「となりゃあ、おまえさまたちにも良き縁談が舞い込むぞ。上木家もすんなり家臣にとりたてられよう」

そう、母さまはもう承諾してしまったのだ。姉が病死するや、母は命じられるがままに姉の夫の後妻になった。ひとことも異を唱えず、姉の身代わりをつとめてきた。だから今度も、前田の家臣のところへお嫁に行ってしまうのだ。子供たちのために。上木家のために。皆を生き延びさせるために。

「あいつは鬼の家来だッ。母さまはやらないィッ」

「そいつはちがうぞ。前田さまが鬼なら、鬼でない武将などおらぬわ」

いい返したものの、兵吉もにわかに不安そうな顔になる。「いや、しかし……」と眉間《みけん》にしわを寄せた。「困ったこともあるにはあるが……」

そういえば兄もいっていた、厄介な問題もある、と。

「困ったことって?」

「明日、遠方の村々へお忍びの巡見に出られるそうでの、その途中で立ち寄られるそうじゃ。あのお子を、殿さまはご自身の目でご覧になりたいそうで……」

「あのお子……あッ」

「いかにも。新十郎坊ちゃまだ。よもやとは思うが……このことが織田の殿さまに知られたら……はてさて、どうなるかのう」

そのあと兵吉に教えられた話は、子供には理解できないところが多々あったとはいえ——いや、だからこそなおのこと——幾世の血を凍らせるものだった。

新十郎は、なんと、浅井家の遺児だという。浅井氏は北近江の小谷《おだに》城主で、朝倉氏とは旧《ふる》くから同盟関係を結んでいた。浅井久政の隠居後、織田と朝倉の間で戦がはじまったとき、家督を継いだ息子の長政は織田信長の妹を正室としていたこともあって、当然、織田方に身方するものと思われた。ところが案に相違して朝倉に加勢、命運を共にすることになってしまった。朝倉氏滅亡後、久政・長政父子は小谷城で自刃《じじん》、女たちは織田方の手によって助け出されたものの、幼い男児の中にはむごたらしく処刑された者もいたらしい。

このとき、久政や長政の男児たちの何人かは、敵軍に囲まれた城から脱出、命永らえた。新十郎もその一人で、久政の末子ながらまだ二歳の童子だったために府中の西南のはずれにある宝円寺《ほうえんじ》へ預けられ、ひそかに養育された。何事もなければ、そのまま寺で成長していたはずだ。だが、一揆が鎮圧されたあとの天正三年十月、府中が不破氏と佐々氏、前田氏の三人衆によって統治されることになり、その拠点として宝円寺に小屋掛けがなされることになった。宝円寺で浅井の遺児を匿《かくま》っていてはどうなるか。府中城下も危うい。そもそも遠方へ逃れる道は敵の監視下にあるとみて——浅井長政の男児の一人、万福丸は長浜の寺にひそんでいたところを捕らえられて処刑されている——あえて敵陣にほど近い寺へ隠したので、今から京へ逃す危険も冒せない。そこで、どういういきさつからか、上木家が新十郎を預かることになった。

「新十郎は磔になるの？」

幾世の声は恐ろしさでふるえている。

「さようなことはなかろうが……どうなるかは、前田の殿さまのご裁量ひとつ」

小谷城も生みの親の顔も知らない寺育ちの男児を、今さら捕らえて命を絶ったところでなんになろう。小谷城主であった浅井家はもうこの世にないのだ。

兵吉は、新十郎が改めて宝円寺か、別のしかるべき寺へ送られると考えているようだった。修行と研鑽《けんさん》を積んで僧侶になる。これは、合戦のあと生き永らえた敗将の遺児たちがたどる、よくある道である。

けれど幾世は、そうは思えなかった。

前田は無慈悲に一乗谷を焼きはらった織田の家臣、おびただしい敵の命を容赦なく奪った。鬼の中の鬼ではないか。

「前田は鬼だ。新十郎は殺《や》られる」

「哀れじゃが……それが敗《ま》けた者の宿命《さだめ》だ。戦とはそういうものだ」

兵吉はため息をついて酒をすする。

「けど、父さまも次郎兵衛兄さまも生き延びた」

「上木は運がいい。それもこれも母さまのおかげじゃ。亡《な》き旦那さまも安堵しておられよう」

新十郎のことは天に任せるしかない、母者を惑わせるな……兵吉は幾世にいい聞かせた。幾世は茫然《ぼうぜん》としたまま母屋へ帰ってゆく。

むろん、納得したわけではなかった。納得などできようか。弟のように愛《いつく》しんできた新十郎が前田に連れ去られようとしているのだ。じっとしてはいられない。

幾世ははじめ、姉たちのだれかに頼んで、いっしょに新十郎を助ける算段をしてもらおうと考えた。自分独りでは、どこへ匿ったらよいか、いずこへ逃がせば捕らわれずにすむか、知恵が浮かばなかった。

だが一人に話せば、たちどころに全員が知ることになるだろう。幼すぎて戦の記憶がほとんどない幾世とちがって、姉たちはその恐ろしさを目の当《ま》たりにしている。新十郎を助けたいと思っても、万が一見つかったとき家族に降りかかる災難を思って尻《しり》込《ご》みをするかもしれない。

母に助けを求めようとは端《はな》から考えなかった。夫に死なれたばかりで、またもや嫁がなければならない母は——それも鬼の住処《すみか》へ——きっとそれどころではないはずだ。母をこれ以上苦しめてはいけないという思いやりは、八歳の子供といえどももちあわせていた。

なんとかしなくちゃ——。

だけど、だれにも話せない。

幾世は一乗谷川の水面のように澄んだ眸《め》で宙を見据える。

三

「しーッ。こっちこっち」

くちびるの前にひとさし指を立てて、幾世はもう一方の手で小さくおいでおいでをした。新十郎は眠そうな目をこすりながらも起き上がり、淡い月明かりがもれる遣戸《やりど》のそばでうずくまっている幾世のところまで這《は》ってきた。

妹の八重は熟睡している。姉たちは襖《ふすま》の向こうだから見つかる心配はない。

幾世は新十郎に、畑仕事をするとき使う藁沓《わらぐつ》を履かせた。自らも山越えのために万全の足ごしらえをしている。まずは日ごろ見慣れている三里山に隠れ、様子を見て朝倉街道へ出るつもりでいた。それから府中と反対方向の一乗谷へ向かう。

もちろん行く当てなどなかった。が、焼きはらわれたとはいえ一乗谷は郷里だ。いくつもの小高い山々を縫って足羽川《あすわがわ》をたどってゆけば、どこかに朝倉の残党が住む里があるにちがいない。そんな噂を耳にしたことがある。どのみち幾世は府中と一乗谷しか知らないので、他に選択肢はなかった。たとえば京の都にしたところで、どの方角にどのくらい行けばたどりつくのか、見当もつかない。

ぐずぐずしてはいられない。危難は迫っていた。

ぼ「姉ちゃん……」

よ「シッ」

ち「夜中だよ。ほんとに行くの？」

「もちろんよ。母さまのためだもの。あのね、人に見られたら功徳《くどく》がなくなってしまうんだって。だから真夜中にしたの。ね、がんばって歩こうね」

しっかりと手をにぎられて、新十郎はこくりとうなずく。

逃亡しなければならないわけを教えれば、新十郎を怯《おび》えさせるにちがいない。悲嘆に暮れている母のために三里山の神社へお参りにゆくと、幾世は嘘《うそ》をついた。人知れず詣《もう》でれば霊験《れいげん》あらたかだと古《いにしえ》から言い伝えられている……とも。このままでは母は死んでしまうかもしれないと泣きそうな顔で訴えたので、新十郎は幾世の話を信じ込み、幼いながらも母を救おうと覚悟を決めたのだった。不安を見せまいと歯を食いしばっている幼い顔を見るだけで幾世は胸が熱くなり、抱きしめてやりたくなる。

「足元に気をつけて。山道にさしかかったら明かりをつけるからね」

火打石をもちだしてきたものの、人目を忍ばなくてはならない。こっそり失敬してきた餅《もち》や干鰯も、いざというときのためにとっておくことにした。寒い時季でないのは不幸中の幸いだったが、それでも行き倒れて野垂れ死に……はよく聞く話だ。

なんとしても、新十郎だけは――。

朝倉に殉じた浅井の大殿さまの遺児だと知った今は、自分の命に代えても新十郎を助けようと胸に誓っている。

「おぶってあげようか」

「平気だよ。歩ける」

「辛《つら》くなったらお経を唱えるのよ。日蓮聖人《しょうにん》さまが助けてくださるから。聖人さまはね、何度も何度も命を奪われそうになったのに、いつもだれかに助けられたんだって。それはあきらめなかったからだって、父上が仰《おお》せられた」

上木家は日蓮宗徒なので、一乗谷では両親も子供たちも菩提寺の経王寺に足繁く参詣《さんけい》していた。高木村に散らばる上木家の親類縁者たちも大半が日蓮宗徒だ。このあたりははるか昔、日蓮その人が布教して歩いた地だと伝えられている。

二人は慎重に畦道《あぜみち》をたどり、一心不乱に歩きつづけて、ようやく山道へさしかかった。山道は鬱蒼《うっそう》と木々が生い茂っている。幾世は枝を拾い、道端にしゃがみ込んで火打石で集めた葉を燃やし、苦心して松明《たいまつ》を灯した。これからはこうしたことを自分独りでやらなければならない。

子供の足である。ここまで来られただけでも幸運だった。朝になって二人がいないことに気づいたとしても、だれも幼い子供たちが山越えをするとは思わないだろう。山道は想像以上に急勾配《こうばい》だった。ましてや六歳の童子はどんなにがんばったところで限界がある。足元がおぼつかなくなり、幾世があっと思ったときにはもう新十郎はつんのめり、坂の途中で倒れ込んでいた。

「新十郎ッ、大丈夫？　怪我《けが》はない？　ごめんね。こんなに歩かせて……」

しかたがなかったのだ、逃げなければ捕らわれてしまうのだから。

幾世は思案をめぐらせた。一乗谷か、せめて朝倉残党の隠れ里まで歩こう、歩けると考えたのがそもそも無謀だったようだ。新十郎を背負って山道は登れない。街道へ出たところで、疲れ果てた子供二人では奇異に思われ、すぐに見つかってしまうだろう。

ともあれ、どこかへ身をひそめなければ、と幾世は思った。前田の一行が訪ねてくるのは明日である。それさえやりすごせば、なんとかなるかもしれない。どこかへ新十郎を隠して、こっそり家へ様子を見にゆく。前田はあきらめて帰ってしまい、逃げる必要はなくなっているかもしれないし、そうでなければ母や兄に泣いて頼んで、新十郎が安全に暮らせる場所を見つけてもらおう。鬼の脅威が去ったあとなら、みんな、新十郎のことを考える余裕ができるはずだから。

「朝まで休もう。待っててね、寝られるとこ、探してくる」

幾世はあたりを見てまわり、山の斜面の雑木の中に洞のある大木を見つけた。藪《やぶ》におおわれているので、そばまで来て覗《のぞ》かなければ洞とはわからない。

新十郎に竹筒に入れてきた水を飲ませ、抱きかかえるようにして斜面を下りる。すべっていっしょにずるずると落ちそうになり、泥にまみれ引っかき傷だらけになったものの、なんとか洞へ押し込み、幾世も這い入って窮屈ながらも抱き合うような恰好で横になった。さすがに疲れきっていたので一気に睡魔が襲ってくる。

「姉ちゃん。腹へった」

翌朝は新十郎の声で目が覚めた。

木々の間から朝の光が射《さ》し込んでいる。

「川で水を汲《く》んでくるから、これ、齧《かじ》ってて」

幾世は干鰯を手渡した。

「お参り、しないの？」

「ええと……するけど、今日はここで、体を休めないと」

「ウチへ帰りたい」

「わかってる。今日中には帰るからね。もう少しだけ、がまんして」

六歳の童子は、お参りにきたはずの自分がなぜこんなところにいるのか、わけがわからなくなって、心細さにおののいているのだろう。それでも素直にうなずいたのは、幾世を困らせてはいけないと歯を食いしばっているからだ。

「大丈夫。わたしに任せて」

幾世は新十郎を洞に残して斜面を下った。崖《がけ》の下には小川が流れている。水音が聞こえていた。

斜面の途中まで来たとき、藪陰で物音がして、幾世ははっと足を止めた。熊か、猪《いのしし》か。とっさに足元の石を拾って身構える。

人、だった。

柿色の地に派手な多色模様の小袖《こそで》と袴《はかま》、脛当《すねあて》、長烏帽子《ながえぼし》、具足姿に長槍《ながやり》を手にしている。幾世がこれまで見た中でいちばんと思えるほどの長身である。男は小用を済ませたところか、突っ立ったまま洞のほうを見ていた。中にいるようにといったのに、新十郎は洞の入口に立ってこちらを見ている。

茸《きのこ》ではあるまいし、山の斜面に忽然《こつぜん》と生えだした童子を見て驚いているのだろう、男は新十郎のほうへ歩みだそうとした。

幾世は動転した。下方にいる幾世との距離より、男のほうが新十郎に近い。考えている間はなかった。渾身《こんしん》の力をこめて石を投げつける。いくらも飛ばず目の前に落ちてしまったものの、男の注意をひくという意味では大いに効果を発揮した。男は幾世のほうへ顔を向け、驚愕《きょうがく》もあらわに目をしばたたいた。息を呑《の》んでいる。人けのない山腹で幼い子供に遭遇するだけでも驚きなのに、泥まみれの小娘が突然、怒りの形相で石を投げつけてきたのだ。

幾世も目を瞠った。

男は兄と似たり寄ったりの年齢か。若くはないが、見目のよい男だった。卵のような顔にすっと鼻筋がとおり、木漏れ日をうけてきらめく眸と、大きからず小さからずのやさしげな口許《くちもと》……。だが、姿かたちがどんなに美しかろうと、もしや新十郎を奪いにきたのなら見逃すわけにはいかない。勝てないことは承知していたが、幾世は命がけでぶつかって追い払うことにした。武器を探し、小枝を拾い上げて——相手の長槍では一瞬にして勝負がつくと知りつつも——頭上にかかげ、よろめきながら坂を上ってゆく。

「弟に手を出すなッ。失せよッ」

わーッと雄叫《おたけ》びをあげて小枝をふりおろした。

男はあっけにとられているようだった。槍の先で軽々と小枝をふりはらうや、槍の柄で幾世を羽交い締めにする。

「姉ちゃんッ」

新十郎が叫んだ。駆けてこようとする新十郎に「来ちゃだめッ、逃げろッ」と叫び返して、幾世は柄の束縛から逃れようとあがいた。が、びくともしない。

「何者だ？　一向宗の門徒か」

「ちがうッ。われらは法華経だ。日蓮さまの宗徒だ」

「ふむ。ではなぜ向かってきた？　おれに、なんぞ怨《うら》みでもあるのか」

「弟を守るためだ。弟は渡さない」

「弟……おう、あれはおまえの弟か……」

男は新十郎を見た。思案しているようだったが、幾世を束縛している槍をはずした。逃げ出そうとした幾世の腕をつかんで、ぐいと引き寄せる。

「待て。おれが、あの坊主《ぼうず》を、捕らえにきた、と思うたか。なぜそう思うたのだ？」

幾世は男の顔をにらみつけた。

「前田の鬼が弟を捕らえにくるって聞いたから」

「鬼？　前田は鬼か」

男はハッハッハッと豪快に笑った。あまりにも愉快そうに笑うので、幾世は気勢をそがれた。ぽかんと口を開けて男の顔を見上げる。

ひとしきり笑うと、男は幾世の腕を放した。

「鬼からその子を守るために、山へ逃げたのか。いつからここにおる？」

「昨夜」

「ひと晩、山におったか。そいつは頼もしいのう。で、どこへ逃げる？」

「山の、向こう」

「山越えはきついぞ。おぬしらの足では頂《いただき》までもたどりつけまい。それにの、本物の追っ手がやって来たらいかがするのだ？　石や枝では戦にならぬぞ」

　そのとおりだと身にしみていたので、幾世はうなだれてしまった。ただひとつ、安心したことがある。

「お侍さまは、追っ手じゃないんだね」

「おれが鬼に見えるか」

　幾世が首を横にふると、またハハハと笑う。人を魅《ひ》きつける明るい笑顔だ。

「ひとつ訊くが、どうして前田が鬼なんだ？」

「それは……前田のお殿さまは、数えきれないほどの人を磔にしたり、か、か、釜茹でに……」

「なるほど。されば今ひとつ訊くが、さように恐ろしき鬼なれば、おぬしらが逃げたと知ったときにどうするかのう？　おまえには家族がおるはずだ。家族は、どうなる？」

　幾世は眉根を寄せた。もちろん初めは、そのことも考えないわけではなかった。が、新十郎を逃がすことで頭がいっぱいになり、考える余裕がなくなっていた。

　そうだ。鬼が怒って、母さまや兄さまや姉さまたちを捕らえるかもしれない。磔にされる心配だって……。どうしてこれまで、そのことに思いを馳せなかったのか。

「どうしよう……ああ、どうしたら……」

幾世はうずくまってしまった。進退窮まるとはまさにこのことだ。新十郎か、家族か。どちらかを選ぶことなど幾世にはできない。

苦悶《くもん》にうめく娘を、男は黙って見下ろしている。しばらくして、籠手《こて》につつまれた手を幾世の頭に置いた。

「名案があるぞ。こうしてはどうじゃ」

幾世は男の顔を見上げる。

「おまえが家で鬼を待ちぶせ、退治するのだ」

「そんなことッ、できっこないよ」

幾世はしゃっくりをした。驚きすぎて先がつづかない。

「おまえにその覚悟があるなら、加勢してやろう」

新十郎を家へ連れ帰って、捕らわれるのを見たくないし、このまま隠れていて、家族に危害が加えられるのも耐えがたい。だけど……。

幾世はまたもやしゃっくりをした。

男は腕を組んで見下ろしている。

「鬼退治をせねば、これからも怯えて暮らすことになる。どうだ、やってみないか。

ほれ、あれを見よ。おれには従者もおる。負けはせぬわ」

幾世は男の視線を追いかけた。藪のかなたの山腹に、数人の人影が見える。

たしかに男の言うとおりだった。鬼は恐ろしいが……もっと恐ろしいのは、このまなにもしないで新十郎や家族を奪われることだ。でなければ、いつ最悪の事態が起こるかと毎日怯えながら暮らすことになる。父の新兵衛はいっていた。だれかがどうにかしてくれるだろうと他人任せにするのがいちばんいけない、と。念仏を唱えているだけではだめだ。法華経を学び、自力で道を切り拓く。女子とて同じ、自ら苦難に立ち向かえ、と。

「やる。やるよッ。鬼を退治するッ」

「よしッ。よううた。さすれば、おれは先におぬしらの家へ行き、鬼退治の算段をしておいてやろう。おまえの父御の名は……」

「高木村の上木新兵衛。父さまは死んじゃったけど」

「必ず来い。約束だぞ」

男は坂を上り、ふり向きもしないで行ってしまった。

幾世は、男の姿が見えなくなってもまだ、茫然と突っ立っていた。今になって不安がこみあげてくる。

鬼退治の加勢をしてくれると言ったが、あの男はいったい何者だろう。雲つくような大兵《たいひょう》が長槍をつかんでいるところは、たしかに鬼より強そうに見えた。が、口だけでは真の強さはわからない。それになにより、肝心の名前を聞き忘れた。

「姉ちゃん……」

いつのまにか、新十郎がかたわらにいた。ころんですりむいたのか、破けた袴に血がにじんでいる。その痛みさえも今は感じている余裕がないようで、幾世を見つめる眼は大きく見開かれていた。幼いながらも、神社へ祈願にゆくというのはでたらめで、なにか恐ろしいことが迫っていると気づいたのだろう。

「姉ちゃん。鬼を、やっつけるの？」

新十郎は半べそ顔で訊いてきた。

幾世は深呼吸をして、拳《こぶし》で胸を叩《たた》いて見せる。

「姉ちゃんは強い。心配ないよ。見ておいで、鬼なんか投げ飛ばしてやる」

むろん強がりである。が、こうなったらもう、あとへは退《ひ》けない。

「さあ、帰ろう」

幾世は新十郎の小さな手をにぎりしめた。

四

子供の歩みはのろい。それでも夜道に比べれば——家へ帰る道だったからか——なんとか二人は歩きとおした。

家が見えてきたところで、幾世は目を瞠《みは》る。姉たちが家の前に立っていた。二人を見つけるや、駆けてくる者、手をふりまわす者、大声で名を呼ぶ者……皆、大騒ぎである。

どこにいたの、泥だらけじゃないの、心配してたよ、朝、寝床が空で、皆であたりを捜しまわって、とりわけ母さまは……いっぺんに話しかけられて、幾世は答えられない。そのままわが家の敷地内へ引っぱり込まれた。

入ってすぐのところに馬がいた。この春まで上木家で飼われていた馬だ。そのまわりには数人の武士がたむろしていたが、姉たちは、危害をくわえられることはないと承知しているのか、目も向けなかった。

「こっちこっち」

連れて行かれたのは玄関ではなく、厩《うまや》や穀倉がある庭だ。兄の次郎兵衛、その後ろに兵吉が地べたに膝をついていた。残りの姉たちと八重を背後に従えた母は、庭に面した座敷にいたものの、これは濡《ぬ》れ縁に腰を掛けた客人たちをもてなすためらしい。客人は三人いて、それぞれの膝元に湯呑と漬物の皿が置かれている。

幾世の目が吸い寄せられたのは、藁で編んだ円座に腰をかけた大男が、ちょうど漬物を口に放り込んで「美味いのう」と目を細めた姿だった。

「さっきの……お侍さま……」

山腹で戦いを挑んだ、あの武士である。では、加勢してやるといった言葉に嘘はなかったのだ。鬼退治の相談をしているのだろうと幾世は思った。

幾世と新十郎に気づくと、大兵の武士はこっちへ来いというように手招きをした。

「おう、参ったか」

幾世は新十郎の手を放し、一人で前へ進み出る。

「約束を違《たが》えなんだとは、感心感心」

「お侍さまも、嘘じゃなかったんだね」

幾世が仁王立ちになったまま言い返すや、「幾世ッ」と母があわててたしなめた。素早く駆け寄った兄が後ろから幾世の肩を押さえつけて座らせる。が、幾世はされるままになりながら、別のことに気をとられていた。

兄が動くのと同時に、大兵の武士の右手に少し離れて腰を掛けていた武士が、幾世を威嚇《いかく》しようとでもいうのか、険しい顔で腰を浮かせかけた。大兵の武士は「いいから座っておれ」とでもいうように片手を動かして留める。

腰を浮かせかけた武士は、あろうことか、笠間某だった。笠間は前田の家臣、鬼の家来のはずだ。

「そやつは鬼の家来だ。鬼は、どこにいる？」

幾世は大兵の武士に訊《たず》ねた。高飛車ともとれるその口調にそこここで息を呑む気配があったが、大兵の武士はまたもや素早く片手をあげて、余人の口出しを封じた。

ぼ　幾世の顔を真っ直ぐに見る。

よ　「鬼なら退治した」

ち　「ほんとに？」幾世は目を丸くした。「独りで、やっつけちゃったの？」

「うむ。たいした鬼ではなかった。追い払うてやったゆえ、もはや心配は無用じゃ」

幾世はぱっと顔を輝かせた。安堵の息をつく。新十郎に知られないよう平静を装《よそお》っていたものの、本当のところは、もし独りで鬼と戦うことになったらどうしようかと生きた心地もしなかったのだ。

幾世は手を合わせた。礼を述べるその前に、大兵の武士が眸を躍らせた。

「鬼を退治した。つまり、おれは手柄を立てた。となれば褒美を所望するは道理、どうじゃ、褒美《ほうび》をもらえぬか」

「ほうび……」

「今も、その話をしておったところだ。おぬしも異存はなかろう」

「それは……ないけど」

幾世は当惑して母の顔を見る。母がうなずいたので、幾世もほっと息をつく。

「いいよ」

「よし。されば話はついた」

「ほうびってなに？」

「あれなる男子、新十郎だ」

幾世は息を呑む。が、幾世が口を開く前に、兄が説明を加えた。

「あれなる大文字屋茂左衛門どのが新十郎を、新十郎さまを、ぜひとも養子にもらいうけたいというておられる。大文字屋といえば府中随一の大店《おおだな》、大文字屋の倅《せがれ》となれば身を隠すこともない、追っ手に怯えることもない。願うてもなき話だ」

「はい、さようで」と、大兵の武士の左手に腰をかけていた男が腰を上げ、膝を折って一礼した。「手前どもには跡取りがおりません。大切にご養育させていただき、ゆくゆくは手前どもの店を引き継いでいただく所存にございます」

「新十郎さま、いらっしゃい」と、今度は母が手招きをした。「そなたには、戦とは無縁の、平穏な暮らしをしてほしいとわたくしは願うております」

新十郎が縁先へやって来ると、母は自らも素足のまま庭へ下り、新十郎をうながして共に平伏した。

「お殿さま。ご配慮、心より御礼申しあげます。大文字屋さんも、何卒《なにとぞ》、新十郎さまのこと、よろしゅうお願いいたします」

幾世は今や棒立ちになっていた。いまだ事態が呑み込めないといった顔で、母と新十郎を見つめている。いつのまにか鬼の話はうやむやになってしまったようで……。

大兵の武士は両手で膝を叩き、おもむろに腰を上げた。

「さてと、早々に知行を安堵してやらぬとな。笠間。行くぞ」

立ち去りかけたところで、幾世に目を向ける。

「なんと申したか。幾世？　うむ。万事落着、めでたしめでたしの千世《ちよ》八千代……千世という名を授けてやろう。千世。鬼の顔が見とうなったら城へ来い」

呵々《かか》と笑い、幾世がぽかんとしているうちに帰ってゆく。

その姿が見えなくなったところで、幾世は忘れていたことを思い出した。

「前田のお殿さまではないか」

「城って、どこの城？　それにまだお名前を……」

「アホ、知らなんだのか」兵吉が寄ってきた。「前田のお殿さまではないか」

「前田の……えッ」

母に肩を抱き寄せられる。

「大文字屋さんのお話では、新十郎さまを小谷城からお逃がしする際、ご家来に申しつけて宝円寺へ匿うてくださったのも前田のお殿さまだそうですよ。それからも、事あるたびに、金子《きんす》や身のまわりの品々をおとどけくださっていたとか」

府中三人衆の一人として宝円寺へ乗り込むことになったため、他の二人に知られぬよう新十郎を寺から避難させることにした。前田氏が府中城主となった今は、警戒する必要がなくなったので、行く末を考え、出家させるかわりに商家の養子にすることにした、というわけだ。

実際のところは、それだけではなかった。浅井と朝倉の残党の中に末裔《まつえい》を捜し出して旗頭に据え、弔い合戦を挑もうという不穏な動きがあった。いったんは出家させても、還俗《げんぞく》させて旗頭に、という話はよくある。前田利家自身も織田家の一武将である以上、いつどこへ転封されるかわからなかったから、遠方へ行ってしまえば、新十郎のまわりに目を光らせてはいられない。その点、商人にしてしまえば、まちがっても武士の頭領に担《かつ》ぎ出される心配はないと考えたのだろう。このことは幾世も、ずっと後になってから、利家当人の口から聞かされている。

　ともあれ、このときの幾世は夢を見ているような心地だった。鬼と恐れていた男が、実は気性の明るい颯爽《さっそう》たる武将で、小娘の無礼な態度に怒りもせず、威張りもせず、気さくに話しかけてくれたのである。なにより新十郎の命を救ってくれた。自分はこれまで、前田家のお殿さまについて思いちがいをしていたのか。

「母上、兄上、幾世は、いえ、千世は前田のお殿さまにお仕えしとうございます」

　考え抜いた末に自ら志願したのは、新十郎が大文字屋の養子となった翌年である。新十郎は満ち足りた暮らしをしているらしい。この春には母も前田家の家臣、小幡九兵衛のもとへ嫁ぐことになっており、姉たちの縁談も次々にまとまりつつあった。

　これには、府中城の奥向きの動きも関係していた。あの笠間與七の娘で、利家に見初められた岩という娘が女児を産んだ。一方、これも懐妊が明らかになった正室のまつは、手狭な府中城で側女と相前後して子を産むことを不服として、前田家の本城である尾張の荒子《あらこ》での出産を決めた。数多《あまた》の侍女を従え、威儀を正した行列を仕立てて旅立っていったのである。

　いずれにしろ、当主の利家は、昨年からつづいている上杉との戦や秀吉の三木城攻め、信長の有岡城攻めなど休む間もなく駆りだされていて、ほとんど府中城にはいなかった。人手が足りず、てんてこ舞いとなった奥御殿なればこそ、十になるやならずの子供でも二つ返事で迎えられたのである。

府中城へ奉公するまでの短いあいだに、幾世は母や兄、姉たちから読み書きと礼儀作法を叩き込まれた。もちろん、なにより熱心に学んだのは日蓮の教えだ。

「亡き父上は仰せられました。念仏を唱えてさえいればよい、というのはまちがっている……と。努力を怠らず、今を精一杯、生きるのです」

「はい。わたくしは、姉さまたちの年齢になっても、勧められるがままに嫁いだりはいたしません。母上だってご苦労ばかり……」

「そなたは、なにもわかっていないようですね」

母はふっと笑みをこぼした。

「母は他人のいうなりに生きてきたと、そなたは思うておるのでしょう。さようなことはありませんよ。家族のために嫁ぐのは母の喜びなのです。だれでもない、わたくし自身が決めたことです」

「家族のために……」

「家族でなくてもよい。人のために生きるなどとおためごかしにいうつもりもありません。でもね、だれかの喜びが自然にそなたの喜びにもなるとしたら……もしそうなら、どんなに幸せでしょう」

別れにあたって、母と幾世は胸の内を語り合った。

わたしも前田家のため、お殿さまのために生きよう——。

幾世は頰を上気させてうなずく。

五

陰暦の十月は初冬。凩《こがらし》の吹く季節だ。

「能登はお寒うございましょう。これは曾代絹《そだいぎぬ》と呼ばれる極上の絹糸にて織らせました小袖、厚手で温こうございますから、ぜひともご持参くださいまし」

大文字屋茂左衛門が新十郎と八重を伴い、府中城の奥御殿にいる幾世のもとへ別れの挨拶《あいさつ》にやって来たのは、天正九年十月朔日《ついたち》だった。明日、前田家の面々は能登の七尾城へ出立する。この年、織田信長より能登一国を与えられ、前田利家は二十三万石の大名になっていた。

天正元年に朝倉氏が滅亡して朝倉家臣の上木家が高木村へ落ち延びたとき、幾世は四歳だった。九つで府中城へ上がり、今は十二歳。城ではははじめのうち千世と呼ばれ、前田家正室のまつが千世姫を産んでからは千代保《ちよぼ》と呼び名こそ変わったものの、はきはきとした物言いと、何事も労をいとわず率先してやる闊達《かったつ》さに――天真爛漫《らんまん》すぎてしくじることが多々あったとはいえ――まつをはじめ女たちから「ちょぼ」「ちょぼ」と可愛《かわい》がられ、近ごろではなにかといえば「ちよぼに……」と頼りにされていた。もっとも「鬼に会いに来い」と言って幾世をその気にさせた前田利家と会う機会はめったになく、会えたとしても遠目で仰ぎ見るだけ。声をかけてもらったことはいまだ一度もなかったが、それでも幾世は城勤めを愉《たの》しんでいた。だれかの役に立てるのはうれしい。喜ぶ顔を見るのは幸せ。くるくる働くのも性に合っている。

「府中を離れるのは寂しいことなれど、わたくしにはもう里がありません。この前田が実家のようなもの、身を粉にして働き、お家と命運を共にしようと思うております」

母は再び嫁いで小幡家の女になった。兄も今では前田の家臣で、高木村に家はない。

「さようなれば、この大文字屋を千代保さまのお里とお思いくださいませ。ご入り用の物があればなんなりとお申しつけいただきたく……お里帰りを首を長うしてお待ちしております」

「礼を申します。ではどうぞ、新十郎さまのこと、それから八重のことも、よろしゅうお願いいたします」

八重は、姉の幾世に倣《なら》ってゆくゆくは城へ上がることになっていたが、まだ幼いため能登へ連れて行くのは無理と判断されて、大文字屋に引きとられることになった。新十郎といっしょなら安心である。

大文字屋が八重を連れてひと足先に帰ったあと、幾世は新十郎を伴って庭をそぞろ歩いた。

「覚えていますか。三里山へ登ったときのこと」

「はい。姉さまは手前を鬼から守ってくださいました」

「今にして思えば、ようもあんな無謀なことを思いついたものです。あそこでお殿さまと出会わなければどうなっていたか……」

幾世は思い出し笑いをもらした。

「よもや、鬼がお殿さまとは、思いもしませんでしたね」

新十郎もうなずく。生来が上品な目鼻立ちの男児だが、豪商のもとで甘やかされているのか、近ごろは頬がふっくらとしてますます内裏雛《だいりびな》のようだ。おっとりとした横顔を、幾世は目を細めて眺める。

「わたくしはね、能登へ行ったら、一乗谷であったことはすっぱり忘れようと思うのです。新十郎さまも、小谷城のこと、忘れると約束してください」

「いったでしょう、忘れるもなにも、覚えていません」

「それなら安心」

　幾世は高木村の方角へ目をやった。幾世の一家が落ち延びてきた道をもどれば一乗谷へたどりつくはずだ。が、道はそれだけではなかった。高木村を横目で見て、そのまま日野川にそって北へ北へと歩いて行けば、能登へ出ると聞いている。

「能登ははるかかなた╱だそうです。明日出立したら、新十郎さまにも今度はいつ会えるか……。だからね、つい心配になってしまうのですよ。また戦になりはしないか、だれかが新十郎さまをそそのかして担ぎ出しはすまいか、と」

「大丈夫です。鬼はもうおりませんから」

「さようでした。鬼は、鬼に、退治されたのでしたね」

　二人は声を合わせて笑った。

　幾世は新十郎の小さな手をにぎりしめる。

「これより新十郎さまもわたくしも、今を大切に生きるようにしましょう。日蓮聖人さまもそう仰せですから。どこにいても、そのときを精一杯……」

「はい。そうします」

そのまま新十郎を抱き寄せると、三里山の山腹の大木の洞でぴたりとくっつき合って眠った夜の光景が鮮やかによみがえってきた。実の弟ではないものの、あの日、命を懸けても守ってやりたいと躍起になった愛しい新十郎である。恐ろしい一夜のはずが、か細く温かな体に寄りそっていたらふしぎなくらい安眠できた。

幾世は、新十郎の頭のてっぺんに頰をすりつけて、さらさらとした髪の感触、芳《かぐわ》しい匂《にお》いを胸に刻みつける。

「文を書きます。忘れないでいてくださいね」

この日の約束どおり、二人のあいだでは何度となく文が行き交った。新十郎はいつも府中の大文字屋から。幾世――千代保――は七尾城、金沢城、聚楽第《じゅらくだい》の前田屋敷、名護屋城、前田利家の子を産んでからは金沢城、守山城、小松城、再び金沢城、さらに藩主の母となって江戸は辰の口の屋敷に本郷の屋敷……と、めまぐるしく居所を変えながら。

歳月はよどみなく流れてゆく。

二人がこの世で相まみえる日は、以来、二度とめぐって来なかった。

お猿どの

一

もしも眼力で紙に穴をあけられるなら、そのとき千代保《ちよぼ》が手にしていた文《ふみ》にも穴があいていたにちがいない。食い入るようなまなざしが、あまりに長いこと、ひとところに留まっていたがために。

そんな……そんなこと、あんまりではないか――。

千代保はようやく目を上げ、初夏の庭を見た。

雲ひとつない青空と新緑の山々を背景に、木漏れ陽が自在に遊ぶ竹林。見つめる眸《ひとみ》の中を竹落葉がきらきらと舞い落ちる。

千代保の目はくっきりとした二重瞼《ふたえまぶた》で、双眸《そうぼう》は黒曜石をはめ込んだように艶《つや》めいている。めったには見られない目だ。美貌《びぼう》の誉れ高い母は公家《くげ》の姫のような顔立ちで、切れ長の一重瞼だから、この目は今は亡《な》き実父の家系、上木《うわき》一族の遺伝にちがいない。人を魅《ひ》きつけて長く印象づけるには効力を発揮する目も、それゆえにこそ警戒され、敬遠されることがままある。

加賀藩主・前田利家の正室まつが側室の千代保を疎《うと》んじるのも、ひとつにはこの、一度見たら忘れられないまなざしのせいもあるのかもしれない。もちろん、いちばんの理由は目ではなく出自だ。千代保の実父は、すでに滅亡しているとはいえ名門とされる朝倉家の家臣だった。朝倉家の旧臣は今や前田の家臣団の中で重責を担《にな》っている。その上、千代保の母が後妻に入った小幡《おばた》家——千代保の養家——も、かつては越中松倉城主の家老をつとめた名家だった。どこの馬の骨とも知れぬ、そうでなくても親が前田家の家臣なら、脅威を感じることもないのに、千代保ではそうはいかない。しかも男児まで産んでいた。千代保が利家に寵愛《ちょうあい》されれば糟糠《そうこう》の妻の座も脅《おびや》かされるのではないかと、まつは案じているのだろう。

それにしたって、ひとことくらい——。

なぜ教えてくれなかったのかと、千代保は憤懣《ふんまん》やるかたない。

六年前の文禄元年、千代保が利家率いる前田の軍勢に随従して肥前名護屋城へおもむく際、まつは千代保に手を合わせた。

「殿の御身のまわりのこと、よろしゅう頼みますよ」

豊臣秀吉悲願の明国征伐は、無謀に思えた。まつは病弱な四女の看病をはじめ子供たちの世話に追われ、それでなくてもはるか九州へなど行く気はなかったから、千代保が代役をつとめることになって心から安堵《あんど》したようだ。当時、利家の寵愛を一身にあつめていたのは側室の存《あり》である。もし存が同行していたら、まつも多少は嫉妬《しっと》に身を揉《も》んでいたかもしれない。古女房のおねではなく愛妾《あいしょう》の茶々《ちゃちゃ》を同行する秀吉に倣《なら》って、利家も本当は存を伴いたかったにちがいない。が、存は前々年に男児を出産したあと、まだ体調が回復していなかった。そこで、存とは姉妹同然、身近に仕えていた千代保に白羽の矢が立った。

実をいえば、まつと存がどちらも同行しないことになったとき千代保に目を留めたのは利家だった。九州、さらには未知の大陸へ出陣することまで視野に入れれば、千代保ほどふさわしい女がいようか。利家から直接命じられたわけではなかったが、千代保は利家の思いをいち早く察知した。そう、これは宿命《さだめ》だ。自分以外にこの大役を担える女はいない……と。

千代保は童女だったころ、山中で利家と出会っている。このときは前田家の当主とは知らなかった。二人は互いの豪胆さを認め合い、それがきっかけとなって千代保は前田家の奥御殿へ奉公に上がった。以来、千代保は敬愛の目で利家を見つめてきた。はるか肥前名護屋へおもむく軍勢に同行することも、他の女たちのようにためらいはしなかった。

肥前名護屋――あれは本当にあったことだろうか。千代保は今でも、夢ではないかといぶかることがあった。

来る日も来る日も輿《こし》に揺られ、あるいは大海原ばかりを見つめて、永遠につづくように思えた道中。やっとのことで到着した肥前国は、風の匂《にお》い、空の色さえも慣れ親しんだものとはちがっていた。名護屋城は築城の最中で、朝から晩まで槌《つち》の音が絶えず、土埃《つちぼこり》はもうもうと舞い上がり、男たちの怒声が飛び交っている。だれもが荒ぶる心と熱っぽい高揚感にとり憑《つ》かれていて、それは千代保のような女たちにも伝染した。千代保は当然のように利家の夜伽《よとぎ》をつとめ、夜を重ねるごとに大胆になった。利家だけを見つめ、ただ訪れを待ちわびた夜々……。名護屋城下で暮らした一年余りの日々は、雲の上を歩くように夢見心地で、いまだうつつのこととは思えない。

子を孕《はら》み、金沢城で産むよう命じられて肥前名護屋をあとにしたのは、翌文禄二年の夏だった。先に懐妊して大坂へ帰っていた茶々が秀吉の子を産んだのが同年の八月で、秀吉につづいて利家も大坂へ帰参、十一月には金沢城へ帰ってきた。あの端正な顔をほころばせて臨月を迎えた千代保に微笑《ほほえ》みかけ、「丈夫なややこを産んでくれ」と励ましてくれた利家……。

「おちょぼの子なら鬼より強かろう。顔を見るのが楽しみだ」

真っ先に見にくると約束して伏見へ戻った利家だったが、その約束は今もって果たされる気配すらなかった。千代保が子を産んだ翌々年、秀吉の甥《おい》で関白となっていた秀次が妻子共々成敗されるという凶事が起こった。そうでなくても、老齢になってますます奇矯なふるまいが増えてきた秀吉である。日々ふりまわされ、自身ももう若くはない利家は多忙をきわめているらしい。

いや、利家が多忙の合間を縫って金沢城へ帰ってきても、千代保母子には会えなかった。身ふたつになるや、母子は守山城下の、まつの娘夫婦の屋敷へあずけられてしまったからだ。

采配《さいはい》したのはまつ……と、千代保は思っている。

守山城は、金沢から北国下街道《したかいどう》をおよそ十二里余、東方にある高岡宿からさらに北へ行き、小矢部川《おやべがわ》を渡った二上山の山頂にある。山城なので城下は麓《ふもと》までぱらぱらと広がっていて、娘夫婦の屋敷も山腹にあった。富山城が築かれてからは城下町のにぎわいも移ってしまい、辺鄙《へんぴ》でもの寂しいところだ。

お殿さまはどうしておられようか。逢《あ》いたい。わが子を見せたい――。

あれから五年、千代保は利家への想いをつのらせていた。文を認《したた》めても、とどいているかどうかさえわからない。まつの娘の幸《こう》は姫さま育ちのおっとりと優しい気性だが、まつの娘であることに変わりはなかった。その夫の前田長種も苦労人なだけに万事そつがなく、家中に波風を立てることをなにより嫌う。富山城や金沢城へ詰めていることも多く、多忙なせいもあったが、千代保にはめったに利家の話をしない。姑にあたるまつからいい含められているのかと、つい恨みがましく思うことも……。

そのせいもあり、千代保は世情に疎かった。世の動きはもとより、利家やまつの様子、家中の人々の暮らしぶりもなかなか耳へとどかない。そんな千代保なればこそ、金沢城にいる存からの文を心待ちにしている。

こたびの文には、読み捨てにできない文面が記されていた。

ひとつは利家の体調について。利家は六十一歳になる。昨年あたりから体調がすぐれぬとの噂《うわさ》が聞こえるようになり、そのたびに千代保は不安にかられた。朝夕、法華経を唱え、近隣の寺社へ詣《もう》でて利家の健勝を祈る。この春は秀吉が催した醍醐《だいご》の花見に夫婦で参列したと聞いたので、胸を撫《な》でおろしたところだった。それなのに存の文によれば、花見で無理をしたせいか、またもや体調をくずしたとか。さすがにまわりの諸大名たちから養生を勧められ、なにより秀吉の強い勧めがあって、草津へ湯治にゆくことにしたという。

草津温泉は上州にある。利家一行は伏見から金沢城へ帰って仕度をととのえ、ひと月ほど前に上州へ旅立った。

久々にお目にかかりましたが、たしかにお顔の色がすぐれず、ひとまわりもふたまわりもお瘦せになられて……。

存は自らの目で見た驚きを記していた。

そんなに体調がわるいのなら、伏見を発《た》つ前に知らせてくれてもよさそうなものだ。そうすれば千代保も金沢城まで出向いて、利家を見舞うことができた。知らせなくてよいと止めた者がいたのではないか。

悔しいが、それはまだよい。もっと腹の立つことがあった。

利家は去る四月二十日、嫡子《ちゃくし》の利長《としなが》を呼んで、自らの隠居と家督を譲る旨《むね》を告げたという。唐突な思いつきだったとは思えない。伏見を発つ前、いや、昨年から決意をかためていたはずで、そのことはむろん、まつも知っていたにちがいない。

利家の隠居は、側室や子供たちにもかかわる大事である。家督相続は前田家きっての一大事。それが自分には知らされなかった。だれも知らせようとしなかった。そのことがなんといっても腹立たしい。

利家には、正室まつとのあいだに二人の男子がいた。家督を継いだ利長と次男の利《とし》政《まさ》だ。さらに存が三男の三九郎を、千代保が四男の猿千代《さるちよ》を、その下にも二人の側室がそれぞれ五男の孫八郎と六男の乙松丸《おとまつまる》を産んでいる。

もちろん、利長になにかあれば跡を継ぐのは利政で、庶子の弟たちは臣下同然である。それはわかっていたが、千代保は、庶子の中でもわが子だけが疎外《そがい》されているように思えてならなかった。寝耳に水だったこのたびの家督相続もそうだが、なにより、いまだ一度として、父である利家との面会が実現していない。

そもそも猿千代という名だって――。

前田家の嫡男の幼名は「犬千代」とされ、利家と利長の幼名も犬千代だった。それが、わが子は「猿千代」だ。家臣からは「お猿どの」などと呼ばれている。犬と猿とは犬猿の仲だというから、墨で幼名を大書した紙がとどけられたときは否応《いやおう》もなく謹んでうけとったものの、わが子は前田家の嫌われ者かと胸がつぶれる思いだった。この幼名はまことに利家が考えたものか……。もしや、おそばにいるだれかが無理やり書かせたものではないかなどと、つい邪推もしたくなる。

利家は老齢だ。病んでいる。考えたくはなかったが、いつ、万が一の刻《とき》を迎えるか。

このままでは、猿千代は一生、日陰の身で、家中の者たちからないがしろにされるのではないか。

そうはさせぬ——と、千代保は黒光りのする眸を竹落葉から手元へ戻した。くちびるをぎゅっと引き結んで、文を巻き上げる。

「阿古《あこ》。猿千代はいずこじゃ」

「宗頓《そどん》さまとお庭に……」

宗頓は前田長種と幸夫婦の娘である。

「すぐにこれへ」

侍女が出て行くや、千代保は思案をめぐらせた。

二

「お殿さまは御病の由《よし》、ご快癒を祈願して参ります。おこもりをするやもしれませぬがご案じなきよう。猿千代を頼みます」

千代保は幸へ書き置きを認《したた》めた。

侍女の阿古と用人の本保治右衛門《もとやすじえもん》、数人の郎党を従えて屋敷を出る。日ごろから寺社詣でを欠かさない千代保だから、だれも不審には思わないはずだ。

猿千代のことなら心配には及ばなかった。養育係は幸の夫、守山城代の前田長種だが、多忙な父にかわって今は娘夫婦がこの任にあたっている。とりわけ娘の宗頓は猿千代を実の弟のように愛《いつく》しんでいた。

神明社へ詣でたところで、千代保は治右衛門をかたわらへ呼んだ。

「郎党たちを帰すように。われらはこれより高岡宿へゆく」

治右衛門はけげんな顔をした。

「なんの御用にございますか」

「大殿さまを待ちぶせするのじゃ」

あッといったきり、治右衛門は絶句した。

「大殿さまは草津で湯治をされておられるそうな。あの太閤《たいこう》殿下を思えば、そうそうのんびりもできますまい。すでに帰路についておられるやもしれぬ。高岡宿で待っておればお会いできよう」

帰路も北国下街道を通るのはわかっていた。高岡宿の次なる今石動《いまいするぎ》宿はかつての今石動城の城下町で、ここには前田家の御宿所がある。利家一行はおそらく通常どおり、この御宿所で一泊したのち、金沢城へ入るはずだ。

「さすれば、今石動宿でお待ちになられたほうが……」

「いや、胡乱《うろん》な目で見られ、じゃまが入るやもしれぬ」

御宿所のある宿場は警戒が厳しい。高岡宿より規模も小さいので人目につく。素性を隠して利家に近づこうとすれば捕らわれる心配があった。その上、よもやそんなことがあるとは思えないが、もしや利家一行に千代保を快く思わぬ者が加わっていて、あの手この手で利家と千代保を会わせぬ算段をするということも、ないとはいえない。その点、高岡宿には頼りになる豪商、福田屋源兵衛がいた。

治右衛門はまだ納得しかねているようだ。鼻にしわを寄せている。

「さようにございますれば、いっそ、金沢城まで行かれてお待ちになられるがよろしいかと存じまする」

「治右《じう》。よう考えてみやれ。こたびの湯治が、なにゆえわらわの耳に入らなんだか。金沢では、わらわを大殿さまに会わせとうないお人の目が光っている。だいいち、大殿さまに会えたとしても、話が筒抜けになってしまうぞ。わらわはの、大殿さまと二人きりでお会いしたいのじゃ」

千代保にじっと見つめられて、治右衛門は目を白黒させた。

「し、しかし、ご城代にはなんと？」

「近隣の寺社にておこもりをすると書き置きをした。それゆえ従者を帰し、心配はいらぬと伝言をとどけさせるのじゃ」

どこそこの寺にいる、などと教えれば、早々に迎えが来てしまうかもしれない。

「どこへゆこうがわらわの勝手。ちがうか治右」

「それは……むろん……」

囚《とら》われの身ではないのだ。それは長種と幸夫婦も承知している。

実はこれまでにも、千代保は猿千代をつれて金沢城へ乗りこもうと企てたことがあった。が、利家は秀吉のそばに貼《は》りついていて、金沢城へはほとんど帰る機会がないらしい。それならいっそ伏見へ……とも思ったが、後手後手の知らせばかりで好機が見つけられず、いまだ実行できずにいた。

「しかし、前触れもなく御前にまかり出ては、大殿が驚愕《きょうがく》されましょう」

「だとしても首を刎《は》ねはすまい」

「お戯《たわむ》れをッ」治右衛門は青くなる。「お顔をしかめられるやもしれませぬ」

「かまわぬ。なんとしてもお会いせねばならぬ。今を逃せば、生涯、お目にかかれぬやも……のう治右、今しかないのじゃ」

利家の年齢や体調を考えれば、それは大いにありうることだった。いっときでも寵《ちょう》を賜《たまわ》った女が、最後にひと目逢いたいと願うのは当然だろう。

治右衛門も木石ではなかった。そこまでいわれれば、うなずかざるをえない。

いったんそうと決まれば、話は早かった。千代保と治右衛門、阿古の三人は高岡宿へ入り、心利《き》いた源兵衛に力添えを頼んだ。

「詳しゅうはうかがわぬことにいたしましょう」

「この恩は忘れぬ」

千代保は、帰郷の途にある下級武士の女房がここで郷里からの迎えを待っているという触れ込みで、高岡宿の旅籠《はたご》に泊まり込むことにした。高岡宿と今石動宿のあいだはおよそ四里。利家一行は今石動宿の御宿所で一泊するとして、高岡宿でも休憩をとるにちがいない。それが証拠に、名主や豪商も利家をもてなすべく準備を進めているようだ。ここにいれば、一行がどのあたりにいるか、時々刻々と知らせがもたらされるはずである。

「しかし、なんといって拝謁《はいえつ》を願い出るおつもりにございますか」

「大殿さまはまっすぐなご気性。あれこれ策を弄《ろう》すればご不快に思われるやもしれぬ。逢いとうて逢いにきたといえばよい。御前に出てしまえばわらわの勝ちじゃ」

利家のことならわかっている、と千代保は思った。戦場では勇猛にして恐れ知らず、槍の名手だ。大柄な体格や朗々たる声のゆえもあって傍若無人そのものに見えるが、その実は情味も茶目っ気もあり、人一倍、繊細な心をもっている。

嘘偽《うそ》りのない想《おも》いをぶつけよう――。

千代保は肚《はら》を決めた。


殿はわらわを、なんと思うておられるのか――。

猿千代を産んでから今日まで、千代保は悩みつづけてきた。

自分のことなどすっかり忘れ、もはや思い出しもしないのではないか。利家のまわりには側妾《そばめ》などいくらでもいる。

けれど――。

ため息をもらすたび、千代保の眼裏《まなうら》に、名護屋城下の前田家の陣屋で暮らした歳月が鮮やかによみがえる。

熱い夜々を過ごした。が、それだけではない。異国での合戦を目前にした、あの猛々《たけだけ》しい状況下で、しかも武将と身のまわりの世話をする侍女であったにもかかわらず、二人はまるで幼子のように無邪気な時間を共有した。他愛のないことで笑い、真面目《まじめ》な顔で語り合い、そして戯れあったものだった。京や大坂、金沢、いや、どこであっても、平時なら決してありえないことだろう。おそらくそんなことを話しても、だれも本当とは思わないはずだ。自分でさえ、うつつとは思えぬのだから。

そんな夢のような日々を、跡形もなく忘れてしまえるとは思えない。

ところが、夢は覚めた。

せめて文の一通、言伝《ことづて》のひとつでもあればよいのに……と、千代保は何度、恨めしく西南の空を眺めたか。そのくせ——ずいぶんあとになってからではあったが——豊臣家にかかわる波乱の出来事の数々を耳にするや、こんなときに一国一城の大名が女子供のことなどかまってはいられまい、忘れて当然……と自分にいいきかせ、恨めしいなどと一瞬でも思った己を恥じた。

そもそも利家は筆まめではない。名護屋にいたときも、身内にせっせと文を認める武将たちがいる一方で、利家はほとんど祐筆《ゆうひつ》に任せきりだった。

いや、存外、気弱なところがあるから、正室の顔色を窺《うかが》っているのかもしれない。文を認めても、まつの息のかかった者が破り捨ててしまう、ということも……。

「ああ、なんてことを……。日蓮聖人《しょうにん》さま。お許しください。どうか、わらわを三界火宅よりお救いください。三界は安きことなし、なお火宅のごとし。衆苦充満して、甚だ怖畏《ふい》すべし……」

千代保は一心不乱に法華経を唱えた。そうすることで己の心を鎮《しず》めた。もし猿千代がいなかったら、こうして直《じか》談判に及ぼうなどとは考えもしなかったはずだ。千代保をふるい立たせたのは、ひとえにわが子への思いだ。

猿千代はすくすくと育っていた。六歳の子供にしては背丈があり、腕や足も太く、がっしりしている。おそらく利家の子供のころもこんなふうだったのだろう。端正な顔立ちも父ゆずりだが、澄んだ双眸から発する眼光の強さは母ゆずり。頼もしい男児である。ひと目見れば、利家も必ずや気に入るはずだ。愛しいわが子よ、と感涙し、これまで会う機会をもうけなかったことを悔やむにちがいない。

千代保にはわかっていた。

そして、たった一度でもよい、利家が猿千代を抱き寄せたそのときから、猿千代の光り輝く人生がはじまることも……。軽んじられ忘れられていた庶子の一人が、利家の血脈をうけつぐ堂々たる男子の一人として今こそ世に躍り出るのだ。

そのためなら命を懸けてもよいと、千代保は思った。

三

待つこと四日、準備は万端。

千代保は雨上がりの空を見上げる。鬱陶《うっとう》しい空の下にいるにもかかわらず利家一行が刻々と近づいていると聞いたので、胸の昂《たかぶ》りが抑えられない。

お忍びではないにせよ湯治だ、体調は思わしくないのだろう。万事大げさにするなとの下知が行き渡っているらしい。ここ高岡宿もいつもと変わらなかった。屋敷へ帰した郎党の一人がこっそり戻ってきて知らせたところによれば、守山城代の前田長種も利家の動向を注視していて、必要とあらば駆けつけようと待機しているとやら。が、お呼びがなければ出むくつもりはないという。

かつての利家なら、遠路や山などものともせず、ここまで来たのだからついでに守山城へもおもむくはずだ。たとえ猿千代という息子がいなくても、長女の幸がいる。そういうくったくのなさが利家の信条であり、好もしさでもあった。

名護屋にいたころは潑剌《はつらつ》としていた。あれから六年。五十代の半ばだった利家も、今では六十を過ぎている。

「ご到着あそばされました。ご予定どおり、御本陣でご休息なさるそうにございます」

阿古が呼びにきた。

「治右は……」

「いつでも発てるよう、あちらでひかえております」

「なれば参ろう」

人目につかぬよう、女中の格好に身をやつしている。これならだれが見ても、利家の側室とは見ぬけぬはずだ。

ぼ　あらかじめ源兵衛と決めていたとおり、千代保は旅籠を出て本陣へ行き、勝手口から台所へ入った。茶菓をのせた盆をうけとり、この日のために塵《ちり》ひとつなく掃き清められた座敷へおもむく。敷居の外で、数人の郎党が見張りについていた。控えの間には家臣や医師も詰めていたが、だれも女中には関心を示さなかった。

よ　座敷の襖《ふすま》は開いていた。源兵衛ともう一人、客の名主の背中の向こうに利家がいた。脇息《きょうそく》にもたれて扇をいじっている。

ち　病だと聞いていた。存の文にも「痩せた」と書いてあった。顔色はたしかによくない。眼の下に隈《くま》がある。頰がこけている。しわも目立つ。なにより扇をもつ指が枯れ枝のようで、甲には脈が浮き出ている。

それでもそれは、千代保が夢に描いていた利家、恋焦《こ》がれてきた利家だった。

「茶菓をお持ちいたしました」

敷居際《ぎわ》に平伏して声をかけると、一瞬、沈黙が流れた。

「ささ、こちらへ」

源兵衛がふりむいて目くばせをする。

千代保は座敷へ入って利家のそばへ行き、盆をかたわらへ置いた。

「大殿さま。お久しゅうございます」

利家は息を呑《の》んでいた。けげんな顔をしているのは、むろん、千代保のいでたちに驚いているのだろう。

張り詰めた沈黙があったのち、

「おちょぼかッ」

利家は相好をくずした。

「お逢いしとう、ございました」

千代保は早くも涙声になっている。

利家は狼狽《ろうばい》して手で顎《あご》を撫で、耳を引っぱり、それから気まずさをごまかすように呵々《かか》と笑った。

「こいつは驚いた。かようなところで逢えるとはのう。しかし、その格好はなんじや」

「座興にございます」

「殿さま。座興をもちかけたのは手前にて……」

「いえ、わたくしが……」

「よいよい。すまぬが、女房が参ったゆえ席をはずしてくれ。おっと、襖を閉めてゆけ。控えの間におる者どもにも……」

「はい。おじゃまをせぬようにというておきます」

源兵衛と名主が出て行くと、利家は今一度しげしげと千代保を眺めた。

「近う寄れ」

「はい」

「そなたには、いつも度肝を抜かれる」

「申しわけございませぬ。なれど、こうでもしなければお逢いできぬと思い……」

「いかにも。わしはいつ死んでもおかしゅうないゆえの」

「さようなことを申したのでは……」

利家は手のひらを見せて千代保の口を封じた。

「次から次へと忌々《ゆゆ》しき事ばかり起こる。太閤殿下とお拾丸《ひろいまる》さまの御為にもまだ死ねぬと思い、それゆえ、こうして湯治などして参ったが、ま、これればかりは思うにまかせぬことゆえのう」

利家はついと身を乗り出して、膝《ひざ》の上に束ねていた千代保の手に己の手を重ねた。焦燥も不安も、もちろん恨みも、一瞬にして消えた。千代保は利家のその手を、この世の宝ででもあるかのように両手でくるみ、頰へ当てた。

さっきは枯れ枝のように見えたのに、触れてみるとやはり、体に見合う大きな手だった。以前とはちがって骨ばっていたし、こんな季節なのに氷のように冷たくカサついてはいたものの、頰に当てるとじわじわと内側から熱が伝わってくる。

「名護屋が、あのころが、なつかしゅうございます」

「うむ。そなたと共に、異国の鬼を退治するつもりでおったのだがのう……」

「鬼のかわりに御子をさずかりました」

「おう、お猿か」

利家はするりと手をぬきとり、ぱちんともう一方の手と合わせた。

千代保はあのころよくそうして見せたように、頰をふくらませる。

「ずっとうかがいとうございました。なにゆえ、わが子は猿なのでございますか」

今を逃せば知らずじまいだ。そう思えば、礼儀など気にしてはいられない。

利家は人差し指をふってにやりと笑った。これも、あのころのように。

「わからいでか。犬千代は前田家嫡子の幼名ぞ。しかるにわしは犬、太閤殿下は猿。犬猿といわれながらも、ここまで手をたずさえ仲良うやってきた。そなたの子と利長も、太閤殿下とわしのように、末永く、むつまじゅう、支え合うてほしいと思うたのよ」

千代保は返す言葉を失っていた。利家の目を見つめる。そうか、そうだったのか。ひとこと教えてくれれば、こんなふうに恨みはしなかったものを。利家の男児は嫡男の利長の他に五人いるが、そう、千代の二文字の入った幼名をもらったのはわが子だけだ。

「うれしゅうございます。そういえば、殿は、最初からわらわを『ちよ』とお呼びになられましたね」

幾世《いくよ》という名があったのに、利家は千世《ちよ》という名を与えた。それが千代保となり、おちょぼと親しみをこめて呼ばれ……。

利家は優しい目で千代保の目を見返した。

「わが前田は豪胆が信条、となればそなたは欠かせぬ。頼むぞ、おちょぼ」

利家は人たらしである。上手《うま》くいくるめられた、と思う気持ちもないではなかったが、千代保は、利家という男の胸の奥にあるものだけはたしかに真実だと思った。

真実とは、それを判断する者の心にゆだねられている。この自分が愛しく思い、子まで生《な》した男の言葉を真実と思わずに、いったいなにを真実と思えばよいのか。

「大殿さま。猿に、会うてやってくださいまし」

「おう。お猿は息災か。そうか、まだ顔を見ておらぬの」

「殿によう似ております。同じ六歳の子らより頭ひとつは大きゅうて、肩もこんなに……なにより目鼻立ちがそっくりで……」

「ふむ、もう六つになるか。月日が経《た》つのは速いのう」

利家は心底、驚いているようだった。決して忘れたわけではなかったのだろう。あわただしく過ごしていたので、まだ幼子、あわてることはないと思っていたのか。

「会うてみたいものじゃ」

「ぜひにも」

「今のわしはこのとおり、守山までは行かれぬ。金沢へ……というても、こたびは急ぎ伏見へ戻らねばならぬ。殿下のお加減もすぐれぬそうでの。それも、かなり重篤《じゅうとく》と……。そうじゃ、そなたも一度、お猿と伏見へ……」

「いえ。ひと目でようございます。この機にぜひ」

ここはなんとしても引き下がれない。

「しかし今宵は今石動、明日は金沢。城へ戻ればただちに出立の仕度をせねばならぬ」

「今石動の御宿所へ挨拶《あいさつ》に参るよう、お命じください」

利家は虚を衝《つ》かれたように千代保を見た。

「高岡からも守山からも今石動は似たような距離にございます。すぐに使いをやれば間に合います。使いは表にひかえておりますし、猿千代にもその旨、申しつけてございます。大殿のご命令とあらば、ご城代も喜んで猿千代をお連れしましょう」

これが表だった遠出なら——たとえばその途上で利家が体調不良となり守山城へ立ち寄れなくなったとしたら——城代の長種と利家の娘の幸は夫婦そろって今石動の御宿所へ挨拶に出向いていたはずだ。千代保や猿千代も駆けつけられたかもしれない。が、こたびは湯治。伏見では秀吉も待っている。利家は端《はな》から素通りするつもりでいたのだ。

そうは、させない。

「大殿さま。なにとぞ使いを……」

「次の機会を待て。ゆるりと会おうぞ」

「いいえ。わらわは五年も待ちました。こたびでのうては嫌にございます」

「まるで童のようじゃ。なにもさようにも……」

「大殿さま。わらわの、千世の、たっての願いにございます」

次があるかどうかは、老病を抱える利家でなくてもわからない。今、しかないのだ。手にできるのは、いつも「今」だけ。

「どうか、どうぞ、一度きりの願いを……」

「わかったわかった。さすればただちに知らせを……と、使者が待っておるというたの。ここへ呼んで申しつけよ。そなたの子なれば、病など退治してくれるやもしれぬ。お猿はきっと、草津の湯より効き目があろうよ」

千代保は利家の気が変わらないうちにすぐさま治右衛門を呼びつけ、守山城下の屋敷へ走らせた。

「で、そなたはいかがいたす？」

「わらわは寺でおこもりをしていることになっております。これより寺へ……」

父子の対面の場に立ち会いたいのはやまやまだった。が、自分が表に出れば、強引に押しかけて面会をとりつけたという話が広まる。快く思わぬ者もいるはずだ。それは、めぐりめぐって、猿千代にも悪影響を及ぼすにちがいない。

「しかし、せっかくの対面ゆえ……」

利家はなおも同席を勧めた。

「そのなりなら気づかれまい。そうじゃ、物陰から見ておればよい。さようはかろうてやろう」

「ご配慮、ありがたく……なれど、ここは殿のご一存ということにしていただきたく」

利家は千代保の目を見つめた。

「まこと、女子にしておくのは惜しいのう。そなたが男子なれば、いずこへなりと伴うたのじゃが……戦場とて、だれはばかることなく」

「わらわも、男子に生まれとうございました」

もしそうなら、決しておそばを離れなかった。利家のためなら、敵に己の首級《しるし》をさしだすことさえ厭《いと》わない。

いつまでも話していたかった。もっといっしょにいたかった。けれど、それは叶《かな》わぬ夢——。

利家はもう一度、千代保の手をにぎりしめた。

「大殿さま……」

「逢えてよかった」

利家らしくもないくぐもった声に、千代保も声をつまらせる。

「お名残り惜しゅうございます」

「早々に、伏見へ参れ」

「お招きがのうては、行かれませぬ」

「そうか。では招こう」

「まことにございますか」

伏見にはまつがいる。

「まことじゃ。武士に二言なし」

「約束を違《たが》えれば、鬼が怒りますよ」

かつて交わした約束は、五年経っても果たされなかった。心もとなくはあったが、今はその言葉を信じて待つしかない。

「さすれば、これにて。一日千秋の思いでお待ちしております」

後ろ髪を引かれながら、千代保は本陣をあとにした。

約定通り寺へこもって一心に祈った。もし自分が約束を違えて出向いたら、利家と猿千代の一世一代の対面が不首尾に終わるのではないかと恐れたためだ。

父子の対面は上々だったと、千代保は長種や宗頓から知らされた。当の猿千代は大小の刀まで拝領して、しばらく興奮冷めやらぬ様子だった。

千代保はひとまず安堵し、わが子をつれて伏見へおもむく日を心待ちにしていたのだが――。

その日は来なかった。

八月に秀吉が逝去《せいきょ》した。すぐさま朝鮮から兵を引き大混乱の最中、利家もあとを追うように世を去った。翌慶長四年、閏《うるう》三月三日のことである。

四

加賀藩の大名行列が金沢から江戸へ参勤の途に就く際は、通常、北国下街道と中山道《なかせんどう》を利用する。

この道を何度、行き来したか――。

馬の背に揺られながら、利常は昔を思い出していた。

「殿。危のうございます。お駕籠《かご》へお乗りください」

用人の横山隼人が馬の頭を並べた。

「ふん、危ない、だと？ まだ足腰は丈夫じゃ。駕籠ばかり乗っておっては尻《しり》が痛うなるわ」

「しかし陸尺《ろくしゃく》どもも手持ち無沙汰《ぶさた》ゆえ……」

「ならおぬしが乗ればよかろう」

隼人を追い払う。

利常は目をしばたたいた。新緑の景色を映す眼裏に、これまでの半生が浮かんでは消えてゆく。

猿千代と呼ばれていた幼い日々、いつも母といっしょだった。守山城下にあった異母姉夫婦の屋敷で暮らしていたころのことは幼かったのであまり覚えていないが、それでも、父との最初で最後の邂逅《かいこう》におもむいた日のことは、ふしぎに些細《ささい》なことまではっきりと覚えていた。

母に教え込まれたのは、いつのことだったか。数日前か。

「物怖《ものお》じしてはなりませぬ。胸を張って、堂々と答えるのですよ」

とても大事なことだと教えられたので、利常は母を安心させようと大きくうなずいた。思えばあのころは「さすがはわが子、ようやりましたね」と母に抱きしめられることが、なによりの褒美《ほうび》だった。いや、あのころだけではない。大人になっても、自分は母を喜ばせたくて、どうやったら喜んでくださるかと常に頭を働かせていたような気がする。

いよいよ父と対面する日、異母姉の夫で守山城代だった前田長種とその娘の宗頓に連れられて山を下りた。二人は驚きあわてていたようだ。ずいぶんと急がされたのを覚えている。

到着したところは北国下街道の宿場で、こぢんまりしていながらも武装した人であふれていた。三人は御宿所の表座敷へ案内され、床の間の前の円座にあぐらをかいて脇息にもたれている武将に引き合わされた。緊張していたので、父が長種や宗頓となにを話していたかは記憶にない。が、話しながらも、父の視線がずっと自分に向けられていたのは記憶に残っている。

「目のうち良き」といって、父は自分の名を呼んだ。利常は母の言いつけを守って、大声で返事をした。父は少し驚いたような顔をしたが、「これへ」とかたわらへ手招いた。そばへ行くとおもむろに抱き寄せ、着物の脇《わき》の下から手を入れた。利常はびっくりして身をこわばらせた。父が背中を撫でまわしたのは、その厚みをはかっていたのか。よしよしとうれしそうにうなずくと、金打ちの鮫革《さめがわ》を熨斗《のし》た柄《つか》がついた大小の刀をとりあげ、「おまえにこれをやろう」と手ずから帯にさしてくれた。ずしりと重いその感触に利常は一瞬とまどったものの、なにやらにわかに偉くなったような気がして、思いっきり背筋を伸ばした。誇らしくて、頬が燃えた。

あれからだ、怒濤《どとう》の日々がはじまったのは……。天下人秀吉の死、父利家の死、そしてあの関ヶ原の合戦……。利常は丹羽長重《にわながしげ》の人質として小松城へやられたものの、その後、男子のいない兄利長の養嗣子に迎えられて前田家の嫡子・犬千代となり、徳川将軍・秀忠の娘の珠姫《たまひめ》を妻に迎えた。わずか十三歳にして兄の跡を継ぎ、大坂の陣では軍功をたて、加賀百万余石の大大名となった。

そもそも自分は正室の子ではない。側室の子だ。それも四男の自分に、このような出世と地位が待っていようとは……。あのときの母は、想像すらできなかったにちがいない。

なにより驚いたのは、将軍秀忠の娘と自分が夫婦になると聞いたときだ。まだ物心もつかぬ三歳の姫が目もくらみそうに美々しい行列を仕立てて金沢へ輿入れするのを見たときは、感激する一方で、そのいじらしさに胸を衝かれた。さぞや寂しかろう、母者が恋しかろうと同情し、愛おしんでいるうちに仲むつまじい夫婦になった。

「独りにしないでください。いや。江戸へいらしてはいや」

利常が江戸へ参勤するたびに姫はだだをこね、父である将軍に夫を金沢へ帰してほしいと嘆願の文を認める。娘可愛《かわい》さに、将軍は利常に早う帰れと命じる。利常も、一刻も早く妻の顔を見たい一心で鞭《むち》をしならせ、馬を駈《か》ったものだった。

　むろん、良い事ばかりつづいたわけではない。

　八人もの子供を次々に出産した珠姫は、二十四歳でこの世を去ってしまった。利常にとっては、一国一城を失うより、はるかに悲しい出来事だった。

　さらに最大の危機が襲う。八年前の寛永八年、勝手に城の修復をしただの、家臣を取り立てただのといいがかりをつけられて、謀反《むほん》の疑いありと幕府からにらまれた。頼みの前将軍が病床にあったことも災いした。大国ゆえに目をつけられることがままある。

　申しひらきをするために急いだのも、この道だった。いざとなったら腹を切る覚悟もできていた。嫡男の光高《みつたか》を伴ったのは、よもや将軍家の血を引く珠姫の忘れ形見にまで累《るい》を及ぼすことはあるまいと考えたからだ。自分がいざというときは、息子への家督相続を確約してもらうつもりだった。

　この災難は、幸いにもとりなす者があって事なきを得た。が、利常はこのころから藩主でいることを重荷に感じるようになっていた。これまで懸命に努めてきた。自分のような者が家督を継いだのだ、命がけでお家を守らなければならぬとの固い決意のもと、背伸びをし、こけつまろびつしながらも闇雲《やみくも》に突っ走ってきた。けれど——。

やることはやった、もうこのへんでよいのではないか……ふっと思った。義憤に燃えて江戸へ駆けつけ、いったんは死を覚悟したそのことが、隠居を考えるきっかけになったのはまちがいない。が、本当のところは——だれ一人気づく者はいなかったとしても——もうひとつの大きなわけがあった。

母が死んだ。同年の三月である。

幾世、千世、千代保……利家が死去したのちは寿福院《じゅふくいん》と呼ばれていた母は、先代利長の死去により利常が名実共に前田家の家長となった慶長十九年、人質として江戸へ行き、以後十六年もの歳月を江戸藩邸で暮らした。

利常は寿福院にとってたった一人の、腹を痛めたわが子である。自らの命と引きかえても惜しくないほど愛しみ、常にそばにあって、厳しく優しくその成長を見守ってきた。

利常も、母にだけは心配をかけまいと己を律した。母の喜ぶ顔を見るためにひたすら励んだ。参勤で江戸へやって来るたびに、真っ先に母のもとへ飛んで行き、褒美をほしがる子供のように手柄話を並べたてたものである。

寿福院の遺骨と遺灰は金沢へ運ばれた。ゆかりの妙成寺《みょうじょうじ》と経王寺《きょうおうじ》の墓へ埋葬、厳かに葬儀がとりおこなわれた。

だが、利常が涙を見せたのは、江戸本郷の、母が暮らしていた御殿へ足を踏み入れたときだった。母が眺めた庭、母が座していた畳、母の調度、母の道具、母の装束……そうしたひとつひとつを目にし、あるいは触れたとき、童のように止めどなく涙がこぼれた。そしてあのときだ、張り詰めていたものがぱちんと切れて、自分の体があてどなく宙へただよい出すかのような心地がしたのは……。

そのときは前田家が危難に直面していたから逃げだすわけにはいかなかったが、疑いが晴れて安泰となるや……。

隠居しよう――そう決めた。

利常は実際、そのつもりだった。が、老齢でも病でもない男が唐突にそんなことをいいだしても許されるはずがない。それでもいいつづけて八年。

「殿。宿場が近づいて参りました。そろそろお駕籠へお戻りください」

「さほどに申すなら戻ってやろう」

今度は逆らわず、利常は馬から下りた。自分ではひらりと下りたつもりだったが、実際は体勢をくずしてよろめいた。横山隼人は見て見ぬふりをしている。

本音をいえば、颯爽《さっそう》と馬を駈っていたのは最初のうちだけで、とうに音を上げかけていた。四十七だからまだ老齢には間があるものの、生来の大柄な体が近ごろはぽってりと肥えてきたせいか、機敏な動きがしづらくなっている。

利常は身をこごめ、よっこらしょと駕籠へ乗り込んだ。

母上が江戸へ下られたのは、たしか御歳四十六……今のわしよりお若いとはいえ、さほどはちがわぬ。さぞや、お心細うあられたろう――。

異国にも等しい江戸である。それも人質。争い事が起これば真っ先に命を奪われる。しかもあのときは大坂冬の陣、つづいて夏の陣が終わったばかりだったので、世の中は騒然としていた。母がどんな思いでこの同じ道を通り江戸へ向ったかと思うと、利常は今さらながら胸が痛んだ。母は、二度と金沢へは帰れまいと覚悟していたにちがいない。実際、そのとおりになってしまった。

利常は懐紙で洟《はな》をかんだ。

母のことを思うたびに鼻がぐずぐずするのは、年齢のせいもあろうが、今になって、気丈な面の下に隠した母の孤独をひしひしと感じるからだ。母はいつも独りで、この自分のため、前田家の子供たちのために奮闘していた。母はきっとそれが……。

「殿。光高さまがお出迎えにお越しにございます」

横山の知らせに利常は物思いから覚めた。

「ここはいずこじゃ」

「板橋宿にございます」

「されば一服いたすか」

「すでにご用意がととのうております」

立ち話というわけにもいかないので、旅籠兼料亭の奥座敷に席を設えてあるという。

光高は板橋宿の入口で利常一行を待ちわびていた。

二十五歳の、すらりとした美男である。父の利常より祖父の利家に似ているとだれもがいう。利常自身は父に幼いころ一度会ったきりで、そのときは逝去する前年で病んでいたせいもあったため老人という印象しかなかったが、利家は美男で通っていた。だれからも好かれる如才ないところや天性の明るさも、自分よりむしろ孫の光高にうけつがれているようだ。

いずれにしろ、目元のくっきりした祖母や雛《ひな》人形のように愛らしい母をもつ光高が美男なのは当然で、現将軍の家光に目をかけられているのもうなずける。反骨精神旺《おう》盛《せい》な利常とすれば、将軍に寵愛されるわが子が少々歯がゆくも思えるが、外様《とざま》の前田家にとっては願ってもない嗣子であることはまちがいない。

「父上。長旅、ご苦労さまにございます」

「うむ。出迎え大儀」

父子はそろって休憩のために用意された座敷へおもむく。運ばれてきた茶菓で一服しながら、利常はわが子をしげしげと眺めた。

「一年見ぬあいだに、ずいぶんと逞《たくま》しゅうなったのう」

「父上もご壮健のご様子、安堵いたしました。こたびの旅はいかがにございましたか」

「道中、無事であったわ」

利常は目を細める。と、そのとき、ふっと昔の光景がまぶたに浮かんだ。

「そのほうに良き土産がある。さよう心しておけ」

光高は首をかしげる。

「土産とはなんにございましょう？　早う見とうございます」

「見せてやるとも。屋敷へ着いたらの」

利常は「もそっと近う参れ」と息子を手招いた。唐突に身を乗り出し、片手で光高の背中を撫でる。

光高はあっけにとられたようだった。幼い子供ならともかく、二十五にもなる息子の背中を父親――それも一国の藩主――が撫でるとは……。いったいこれはなんなのだ？　これにはなにか特別な意味があるのか。そういぶかっているのがありありとわかる。

利常はトンと背中を叩《たた》いて、元の姿勢に戻った。

「わしは父上、おまえの祖父と、ただの一度しか会うたことがない。そのとき父上は、今わしがおまえにしたように……と、いうても、まだ幼かったゆえ実際は脇の下から手を入れたのだが……わしの背中を撫でて、満足げにうなずかれた」

光高は目を丸くして父を見つめている。

利常はしょっぱいものと甘いものを同時に食べたような顔で微笑《ほほえ》んだ。

「あのときもここともよう似た、街道の……今石動宿の御宿所だった。なぜさようなところで、と思うだろう。父上はの、わしに会うおつもりなどなかったのだ。わしがいることさえ、忘れておられたのやもしれぬ」

光高はふしぎそうに首をかしげる。

「わしは庶子の四男で、いてもいなくてもよい子供だったのだ。いや。本当のところはわからぬ。が、母上は、自分たちはないがしろにされていると思い込んでおられた」

「母……江戸のお祖母《ばば》さまにございますか」

「さよう」とうなずいて、利常は軽く息を呑んだ。「そうだ、おまえはお祖母さまに会うたことがなかったの」

「はい。御文は何通もいただきました。なれどお目にかかったことは一度も」

光高は金沢城で生まれた。その前年に祖母の寿福院は人質として江戸へ向っている。しかも光高がはじめて江戸へおもむいたのは十七のとき、八年前の夏で、寿福院は同年の春に江戸屋敷で死去していた。つまり、祖母と孫は、不運にもほんのわずかな月日のずれで、とうとうこの世で相まみえることができなかった。

利常はもう一度、こたびは腹の底からため息をついた。

「会わせてやりたかった……会うてほしかったのう、お祖母さまに」

「江戸ではだれもがお祖母さまの話をいたします。まるで生きておられるかのように。そのせいでしょう、それがしも、お祖母さまがおられるような気がしてなりませぬ」

「うむ。実はわしも、いまだにそんな気がしている。母上がおられぬ江戸屋敷は、江戸屋敷ではないような……」

「今、父上は仰せになられましたね。お祖母さまは、ご自分たちがないがしろにされていると思うておられた、と」

「いかにも。たしかに、あのころはそうだった。母上は、父上のおそばから遠ざけら

ぼ　よ　ち

れて、お寂しゅう暮らしておられた。が、母上は強いお人だ。いつまでも手をこまぬいてはおられなんだ。このわしのために、道を切り拓《ひら》いてくださったのじゃ」

「道を……切り拓く……」

「母上は父上に逢いに行かれ、嘆願された。父上のお心を動かしてくださったのは母上だ。それゆえ、わしはようやく父上に息子の一人として認められ、こうして前田家の当主になることができた」

「では、父上のご栄達はお祖母さまのおかげだと……」

「栄達などどうでもよいが……いや、おまえの母と夫婦になれたのも栄達といえるか……いやいや、さようなことより、おかげで父上のお顔を見ることができた。お声を聞き、そのお手で背中を撫でてもろうた。大小の刀を御手ずからこの腰にさしてもろうたのじゃ。それこそ、わしのいちばんの誉れ」

　あのときを逃せば、生涯、父とは会えずじまいだったにちがいない。拝領した刀の重みは、今にして思えば、父という存在の重みだ。そしてそれは、母のわが子への思いの深さ、それを示す重みだったような気がする。

「おまえに土産があるというたの。お祖母さまからの土産、と思うがよい」

「ますます知りとうなりました。どうかお教えくださいい」

「屋敷へ着いたら教えてやろう」

さあ、参るか……と、利常は光高をうながした。

部屋の隅にひかえていた横山隼人が、いち早く立ち上がって表へ声をかける。利常が足ごしらえをして出てゆくと、すいとかたわらへ身を寄せてきた。

「殿。なんにございますか、土産とは？」

小声で訊《たず》ねる。

「家督じゃ」

「あッ」

利常は、こたびこそ、隠居願いを出して光高へ家督をゆずるつもりでいた。根回しはできている。光高は将軍家光の養女の大姫を妻に迎えているから、将軍家と加賀前田家との絆《きずな》は今や盤石《ばんじゃく》だった。もう、なんの心配もいらない。

母上、お許しいただけましょうな——。

母のおかげで前田家の当主となり、家督をわが子、すなわち母の孫へ引き継ぐ。それは、母千代保と父利家の血が脈々とうけつがれ、繁栄してゆく証《あかし》だった。

彼岸の母にとっても、これ以上の喜びはないはずだ。

ひと足先に街道へ出て直立不動で父を待ちかまえている息子に、利常は声をかけた。

「母上の……江戸のお祖母さまの供養《くよう》塔へ、詣でねばならぬの。時をみて共に、本門寺へ参ろうぞ」

「はいッ」

草いきれで噎《む》せかえるような街道を、父子の行列は江戸へ向けて出立した。

おんな戦

満々と水を湛《たた》えた堀と、自然石を多用した野面積《のづらづ》みの石垣にかこまれ、豪壮な御殿と三階櫓《やぐら》、倉庫や土蔵が点在する金沢城……加賀百万石と称される前田家の本城は、炎天の下、この日も静謐《せいひつ》なたたずまいを見せていた。

にもかかわらず、本丸御殿はざわついている。

慶長十九（一六一四）年六月、藩主は江戸参勤中。ではだれがいるかといえば、錚々《そうそう》たる女たちが三人、御広敷《おひろしき》に集っていた。

一人は本丸御殿の女主人、三代藩主・利常《としつね》の正室の珠姫《たまひめ》である。昨年、長女を産んだばかりでまだ十六歳だが、将軍秀忠の娘だけあって天真爛漫《らんまん》、炎暑の旅に疲れ果て、ゆえに口を利《き》くのも億劫《おっくう》そうな姑《しゅうとめ》と大姑にも物怖《ものお》じする様子はない。

そう。あとの二人は、たった今、物々しい行列に護衛されて城へ到着したところだった。先代藩主・利長《としなが》の後室、織田信長の娘である永姫《えいひめ》（玉泉院）と、先々代すなわち初代藩主・利家《としいえ》の後室のまつ（芳春院）である。永姫は当年四十一、まつは六十八、珠姫の姑と大姑にあたる女たちが連れだって帰城、そろってこの場にいるのには事情があった。

まつは、十四年の長きにわたり、徳川の人質として江戸の屋敷で暮らしていた。が、去る五月二十日、息子の利長が隠棲《いんせい》中の高岡城で死去したとの知らせをうけた。

「わが子が死んでしもうたのじゃ。わらわが江戸にいたとて、もはや詮《せん》なし」

まつは藩主である利常をせっついて幕府に嘆願させ、金沢へ帰国する許しを得た。むろん人質が不要になったわけではない。利常の生母の千代保《ちよぼ》（寿福院）を身代わりにたてるという条件で、大役を解かれた。

六月早々に江戸を発《た》ったまつは、高岡城へ立ち寄り、わが子の霊前供養《くよう》をしたあと、髪を下ろして玉泉院となった永姫をともなって金沢へ帰城した、というわけだ。

「風がそよとも吹かぬ。この暑さといったら……眩暈《めまい》がしてきたわ。わらわは早速、休ませてもらいますぞ」

まつは、まつのために用意された座敷へそそくさと引っ込んでしまった。

「ご到着あそばされたら、姑上《ははうえ》にもお知らせすることになっていましたのに……」

珠姫は困惑顔である。珠姫が「姑上」といったのは、永姫ではなく夫の生母の千代保である。

「寿福院さまはいずこにおいでか」

「東ノ丸に。病人の看護で、お忙しゅうしておられます」

「病人？」

「いえ、ご心配には及びませぬ。姑上はなんでもかでも引き受けてしまわれるのです。亀鶴《かめつる》の世話も、それはようしてくださるのですよ」

珠姫が永姫に話したとおり、このとき、千代保は東ノ丸にいた。まつと永姫の到着の知らせがあれば、すぐに挨拶《あいさつ》に出向くつもりで待っていた。夫を亡《な》くした永姫に、真っ先にお悔やみを述べなければならない。

千代保は四十五になった。側室としての苦労をいいはじめたらきりはないが、利家の四男であるわが子が今や前田家の当主になったのだから、まれにみる幸運といえるだろう。徳川将軍家から息子のもとへ幼くして嫁いできた珠姫を慈《いつく》しみ、初孫の亀鶴姫の養育にも心をくだいて、やっと手に入れた平穏な暮らしを満喫していた。

それが半月ほど前、降ってわいたように、人質交替の知らせである。千代保としてはむろん不本意だったが、幕府の下命とあれば従うしかなかった。江戸への転居は遊《ゆ》山《さん》とはちがう。二度と帰ってこられないことも覚悟しておかなければならない。まつのときも仕度には半年以上かかったが、千代保も、利常の帰国を待って正式に沙汰《さた》をうけ、仕度を万端ととのえて、おそらく雪解け後の翌春には出立、との心づもりをしていた。

いずれにせよ、千代保が江戸へ出立するまでは、まつ、永姫、珠姫、千代保と四人の女たちが、ここ金沢城で暮らすことになる。

このとき、女たちはまだ知らなかったが、上方では不穏な気配がたちこめていた。駿府の家康が戦の決断を下すのは、このすぐあとである。諸将のもとに出陣の下知がとどき、利常も、当初の予定からだいぶ遅れて十月十二日に金沢へ帰国するや、戦仕度をととのえて即刻、出陣することになる。

徳川方と豊臣方との最後の決戦、大坂冬の陣は慶長十九年十一月、つづく夏の陣は翌年の五月に起った。この間、天下がどちらに転ぶか不明の中で、金沢城の女たちも息をつめ、戦況の知らせに一喜一憂することになるのだが……。

ここではもうひとつ、戦があった。大砲や鉄砲や刀や槍《やり》や軍議や陣立てこそないものの、肚《はら》を探り合い、意地を張り合い、容易には和議にいたらない——女たちの戦である。

一

方広寺《ほうこうじ》の鐘銘《しょうめい》に不吉な文字が記されているとの知らせが駿府の家康にもたらされたのは、慶長十九年七月二十一日である。家康はこの知らせをきっかけに、豊臣方との戦を決意したといわれている。

ちょうど同じころ、金沢城内の、本丸とは堀をへだてた北ノ丸にある前田家の重臣、村井家の奥座敷で、まつと末娘の千世《ちよ》が話し込んでいた。

「なにゆえ挨拶に参らぬのじゃ」

まつは苛立《いらだ》ちを隠せない。侍女たちの前ではできるだけ平静を保つよう心しているが、腹を痛めた愛娘《まなむすめ》が相手なら遠慮はいらない。

千世ははじめ、名門細川家の嫡子《ちゃくし》のもとへ嫁いだ。ところが関ヶ原の合戦の際、姑にあたるガラシャと命運を共にせず、独り落ちのびたために生き恥を晒《さら》したと咎《とが》められ、細川家から離縁されてしまった。そのあと再嫁《さいか》したのが村井長次《ながつぐ》で、この夫も昨年、他界。千世は髪を下ろして春香院となっている。

六月末に高岡から帰還したまつと永姫は、当初、本丸へ入った。それぞれ二ノ丸と西ノ丸に新居を築造することになっていて、完成まで本丸で暮らすつもりでいたのだが……いくらもしないうちに、まつは娘の千世の屋敷へ移ってしまった。

本丸と東ノ丸はとなりあわせ。本丸にいては千代保と鉢合わせする公算が高い。

「わらわは正室ぞ。お東は側室。そもそもわらわに仕えていた女子ではないか。真っ先に挨拶に参るが礼儀じゃ」

お東とは、東ノ丸にいる千代保のことだ。

「母上。お東さまは、今や殿さまのご生母さまにあられますよ」

「それがなんじゃ。わらわも先代の生母、同じではないか」

「でしたら、どちらが先に挨拶しにいらしてもよろしいのではありませんか」

「わらわから行け、と申すのか」

「さようなこと、いうておりませぬ」

「お東め……永姫さまのところへは帰還早々、挨拶に参ったそうな」

「それはむろん、お悔やみを仰《おお》せられたのでしょう」

「千世。そなたはどちらの身方じゃ、母か、お東か」

千世は苦笑した。

母は当代一の家刀自《いえとじ》で、遺漏なく奥を仕切り、愛情をそそいで子供たちを養育した。それだけではない、賢明で潔《いさぎよ》い。秀吉のあとを追うように夫の利家が死去したのち、豊臣恩顧《おんこ》の大名ゆえに家康から疑いの目で見られていた前田家を救ったのは、まつである。まつが江戸へおもむかなければ、前田家は存続していたかどうか。

千世は母を敬愛していた。けれどその母が、なぜか千代保のこととなると冷静さを失って戦闘態勢となる。常の母ではなくなってしまう。

二人のあいだにいったいどんな因縁があるのかと、千世はふしぎでならない。

「母上。われらは皆、前田の女子、身方も敵もありませぬ。ご挨拶のこととなれば、お東さまは今、亀鶴姫さまのお世話や金晴院さまのご看病でお忙しいのです。母上はそそくさとこちらへいらしてしまわれましたし……」

金晴院とは利家の側室の一人、存《あり》のことで、千代保は娘時代を共に侍女としてすごした存を、姉のように慕っていた。その存が重い病に罹《かか》ったため、身近にひきとり、看病に明け暮れている。

「挨拶など、いかほどの時もかからぬ」

むろん、まつのいうとおりだ。千代保は忙しくて挨拶ができないのではない。まつが人質を交替するよう利常に談判し、利常は拒みきれなくなって幕府に嘆願した。そのいきさつが伝わっているため、これまでにも増して、まつに腹を立てているのだろう。そうだとしても、千世としてはそのことを今ここでもちだして、これ以上母の神経を逆なでするつもりはなかった。

「二ノ丸の御殿が完成すれば、真っ先にお祝いにいらっしゃいますよ。仮住まいの中途半端なところへ押しかけるのではかえって礼を失すると、きっとさように思うておられるのでしょう」

まつはまだ不服そうだった。が、わずかながら表情がやわらいでいた。こういうことは、口に出してしまえば存外すっきりするものだ。

「わらわも少々、頑《かたく》なになりすぎたのやもしれぬの。利政《としまさ》のことがあるゆえ、どうしても恨みがましい気持ちになってしまう」

「ようわかります。兄上のことでは、母上がどんなにお心を痛めておられるか」

「徳川のタヌキめが……何度、懇願してもニコニコうなずくばかり。端《はな》から聞く耳などもちあわせてはおらぬのじゃ」

「ほほほ、母上ったら、大御所さまをタヌキなどと……」

「近ごろはますます肥えられたゆえ、タヌキそっくり」

タヌキとは、いわずと知れた徳川家康。まつはこれまで江戸にいたので、家康と直々に会う折が一度ならずあったという。

利政は利家とまつの次男だ。本来なら、嫡男の利長に男子がいないので、跡を継ぐのはこの利政のはずだった。ところが関ヶ原の戦の際、石田三成方に妻子を人質にとられていた利政は東軍への援軍を拒み、そのため改易となってしまった。

いまだに京でくすぶっているわが子を案じて、まつは再三、家康に赦免を願い出た。もちろん利長にも訴えたが、前田家の立場さえ盤石とはいえない状況では、いかに母の願いといえどもはかばかしい返事ができぬのか、利長も無視を決め込んでいた。

利常を説得してくれと、千代保に頼もうか。母がそこまで思いつめていたことも、千世は知っている。けれど母は、千代保に頭を下げることだけはしなかった。そのくせ江戸から娘に送られてくる文には、「お東はどうしておる？　よろしゅう伝えておくれ」などと記されていた。自分からは文を送れないので、娘に機嫌をとってもらおうというのだろう。あわよくば利政の赦免にひと肌脱いでもらうつもりだったのだ。

「それにしても、どうして母上はお東さまを毛嫌いなさるのでしょう」千世はため息をついた。「昔は母上の侍女でいらしたのでしょう？　お歳《とし》だって離れているのに」

二人の年の差は二十三。千代保は二十三歳のとき名護屋城の利家のもとへ遣わされているから、まつはそのとき、もう寵《ちょう》を競い合う年齢ではなかった。それが証拠に、他の側室たちとはなごやかな関係を築いている。

まつは小娘のように頰をふくらませた。

「あの女子は小賢《こざか》しい。油断がならぬ」

千世は、母の老いてなおふくよかな顔を、半ばあきれ、半ば賞賛の目で眺めた。母は、何度も大病に打ち勝ち、怒濤《どとう》の時代を生き抜いてきたのに、やつれてもいなければ貧相にちぢこまってもいなかった。利長の死がなによりこたえているはずの今でさえ、昔と変わらず、ゆったりと鷹揚《おうよう》で、頼もしくすら見える。

「小賢しいですって? お束さまは、だれにもわけへだてなく細やかなお気づかいをなさる、おやさしい女性《にょしょう》にございますよ」

「そこが曲者《くせもの》なのじゃ。わらわの髪を梳《す》いていたころから、素直で愛らしゅうて、はきはきと物怖じせず……だれもが、おちょぼおちょぼと……。無邪気な顔をして策をめぐらせておることにだれも気づかぬ。ここだけの話なれど、お猿と呼ばれていた利常どのを強引に殿に引きあわせ、利長まで身方につけてしもうた。利政が手にするはずのものを、ことごとく、まんまと奪うたのじゃ」

「父上が湯治の帰り道で利常さまと対面された話なれば、父子《おやこ》なのです、あたりまえのことではありませんか」

「いいや。まずはわらわに相談いたすが筋じゃ。だれが腹を痛めようと、殿のお子たちの母は正室たるわらわぞ。子らを愛《いつく》しんで育てるは母の役目。なのにお束はいやだと申した。生母は己ひとり、と。それればかりか、わらわの目を盗んで勝手なことを……」

ちょぼ

またもや母の怒りに油をそそいでしまったようだ。

千世はあわてて侍女を呼びつけた。

「母上。到来物の干菓子があるのですよ。母上のお好きな美しいお菓子。ね、ご一緒にいただきましょう」

「おう、それはよい。姫たちも呼びやれ」

「はい。喜びましょう」

千世は自分の娘の他にも兄や姉の娘たちを養育している。

まつの顔が梅雨明けの空のように明るくなったのを見て、千世も安堵《あんど》の笑みを浮かべた。

二

「なにゆえひとこと、よろしゅう頼むと仰せにならぬ」

千代保はくちびるをかみしめた。かえすがえすも腹立たしい。

東ノ丸の一角に設えた病床で、存に手ずから粥《かゆ》を食べさせている。

存は利家の三男・知好《ともよし》の生母で、四年前に息子が七尾城代となったため、七尾と金沢を行き来して暮らしていた。たまたま金沢城に滞在しているとき発病したのは、不幸中の幸いだったかもしれない。ここには千代保がいる。

「芳春院さまも悪気はないのでしょう。おちょぼどのが挨拶にきてくださるのを、心待ちにしておられるのではありませんか」

存は姉が妹をたしなめるように千代保を諭した。このところ食欲がない。もっと召し上がらなければ……と木の匙《さじ》で粥をすくいながら、千代保は童女のように口を尖《とが》らせる。

「悪気があるに決まっています。利長さまがご逝去《せいきょ》されたと聞いたとたん、早う早うと殿を責め立て、強引に、わらわを身代わりに推挙させた。殿を困らせ、わらわにはご自身と同じような苦しみを味わわせたいのじゃ」

「お江戸は恐ろしいところではありませぬ。皆が申しておりますよ、にぎやかで、それは面白いところだと……」

「他人事《ひとごと》ゆえいえること。わらわは、江戸へなど、行きとうない」

ここには愛しんできた珠姫がいる。姉のような存がいる。しかも存は今、重い病で苦しんでいた。江戸へ行ってしまえば、いったいだれが、自分ほど献身的に看病をしてやれるのか。

そしてなにより、ここには昨年生まれたばかりの亀鶴姫がいた。猿千代（のちの利常）しか子を産めなかった自分にとって、亀鶴姫は腹を痛めたわが子も同然。命にもかえがたい愛しい孫娘だ。そうした大切な宝のすべてを置き去りにして、ひとり、徳川の城下へ乗り込まなければならない。

「お身内の皆さまがこぞってお供されるとうかがいました」

「だからというて……いや、愚痴はやめましょう。芳春院さまに出来たことが、わらわに出来ぬはずがない。前田家のためとあれば、わらわとて、臆《おく》しはしませぬ」

勇ましくいったところで、千代保は眉《まゆ》をひそめた。

「わらわがいいたいのは、存さま、あのおかたは、自ら願い出てわらわを後釜《あとがま》にすえられたのじゃ。真っ先に会いにいらして、そなたに後事を託す、よろしゅう頼む……とおっしゃるのが筋ではないか、ということです」

「それは殿、利常さまからお話しすることだと、遠慮しておられるのではありませんか」

「遠慮？　まさか、あのおかたが遠慮など……。うしろめたいのじゃ。無理やり押しつけたゆえ、わらわの顔が見られぬのじゃ」

「おちょぼどのときたら……芳春院さまの御事となるとなにゆえさように……。おちょぼどのらしゅうありませんよ」

なにゆえ、といわれても、ひとことでは答えられない。生まれて間もない猿千代の養育がまつの娘夫婦――それも夫は家臣の前田長種――に託され、自分たち母子は金沢城から追いだされた。もとを糺《ただ》せば、あのとき以来の恨みが積み重なっている。しかも利家が死去する前年まで、父子の対面すらさせてもらえなかった。どちらもまつのせいだと千代保は思っていた。

自分が侍女であったころは、まつもおっとりとして鷹揚な女主人だった。まつのような主をもった自分を、千代保は果報者だと思っていたものだ。もし利長の正室の永姫に仕える身だったら、こんなふうにはいかない。

永姫は不幸な女で、父の信長に命じられて前田家へ嫁いだのは八つのとき、翌年には本能寺の変で後ろ盾だった父を亡くした。むろん織田の血脈はそれからも尊重され大切に扱われはしたものの、子を産めなかったのが最大の不運だった。その後の動乱の時代に、永姫がわが身のふり方や一族の行く末について、おそらく余人にいえない苦しみを味わってきたのは想像に難くない。

千代保は、永姫の眸《ひとみ》の暗い翳《かげ》りや、硬い殻を身にまとったようなよそよそしさに、しばしばはっとさせられることがあった。信長に滅ぼされた朝倉の家臣を実父にもつ千代保にとっては仇の娘でもあったが、だからといって恨む気持ちは毛頭ない。それなのになぜか、近づきがたく、打ち解けられない。永姫の前に出ると、冷たい水に手を伸ばしかねている人のような気分にさせられる。

その永姫を、まつは下にも置かぬほど奉《たてまつ》っていた。前田家からすれば主筋の姫だから当然ではあるものの、徳川家から嫁いだ珠姫に接する態度とはずいぶん差があるように、千代保の目には見える。今、前田家が畏《おそ》れ敬わなければならないのは、織田ではなく徳川だ。つまり、永姫でなく珠姫――。

「それはそうと、芳春院さまは毎日のように永姫さまを訪ねておられるそうですね。こちらは素通りしておきながら、これみよがしに……」

「夫を亡くされたばかりなのです。お独りでお寂しい永姫さまを、慰めておられるのでしょう。おちょぼどの……」

もうけっこう、と、存は千代保がさしだした匙から顔をそむけた。

「お慰めするといえば、御台さまも、永姫さまをお慰めするために管弦の会を催されるおつもりだとうかがいました」

「ええ。そのようですね。浄瑠璃《じょうるり》や歌舞伎、音曲、立舞《たちまい》に検校《けんぎょう》や瞽女《ごぜ》まで城へ招いて、連日連夜、浮かれ騒ぐのだとか。存さまがご病気だというのに……御台さまにはどんなものかと申し上げたのですが、芳春院さまも賛同されたそうで……」

御台さまこと珠姫は珠姫なりに、永姫を慰めようと頭をひねっているのだ。それは千代保もわかっていた。が、贅沢三昧《ぜいたくざんまい》、蝶《ちょう》よ花よと育てられた珠姫は母になっても娘気分が抜けないようで、珠姫が良かれと思ってすることに、周囲はいつもふりまわされている。

「よいではありませんか」と、存は笑みを浮かべた。「かようなときですもの、皆ではしゃいで沈痛な気分を吹き飛ばすのがいちばん」

いいはしたものの、存の笑みは弱々しい。

「七尾へ戻られて、ゆるりとご養生なさるほうがよろしいのでは……」

今の容態で旅が出来るとは思えなかったが、千代保はいってみた。

「いいえ、お気づかいは無用です。わらわも早うようなって、大いに楽しみましょう」

「存さまがさように仰せなら……」

千代保はようやく愁眉《しゅうび》を開いた。自分は少し過敏になりすぎているのかもしれない。

本来ならお祭り騒ぎは自分の十八番《おはこ》、若いころはだれよりも元気いっぱい、率先して踊り歌ったものである。

そう。長い年月が過ぎたのだ……と、千代保は思った。いつまでも過去にこだわっていないで、済んだことは忘れよう。こちらから歩み寄れば、まつとのわだかまりも霧消するかもしれない。

千代保は残った粥を脇へ押しやり、存に白湯《さゆ》を飲ませた。

存はひと口すする。痛々しいほどか細い指で千代保の手首にふれた。

「おちょぼどの。そなたには、どんなに感謝しているか……」

「存さま……」

「わらわのことなれば、もう、十分に、していただきました。これよりは前田家の行く末だけを……さよう申すべきなのでしょうね。でも、今ひとつだけ、お願いがあります」

千代保は存の手をにぎる。

「なんなりと仰せください。どのようなことでもいたします」

「でしたらどうか、子らのことを……」

存は能登の生まれで、前田家が七尾城を居城としていたとき奉公に上がった。利家に見初められ、聚楽第《じゅらくだい》の屋敷で福《ふく》と知好という二児を産んでいる。文禄《ぶんろく》の役の際に千代保が肥前名護屋まで随従して利常を懐妊したのは、このとき存が幼い娘とまだ赤子の息子を抱えていて、名護屋へ行かれなかったためである。

娘の福は、前田家の家臣の長家《ちょう》へ嫁いだが夫と死別、つづいて中川家へ嫁いだが離縁、今はゆかりの今枝家へ身を寄せていた。知好のほうは、幼いころいっとき寺へ入れられていたものの、今は七尾城の城代をつとめている。存はこの息子の行く末を案じていた。存によれば、知好は病がちで頑健とはいえない。が、野心だけは人一倍、加賀百万石の藩主となった千代保の息子は四男だが自分は三男、それなのにわずか一万三千余石の城代である。そのことに不満を抱いているらしい。

「知好どののことなれば、わらわも気にかけております。ご案じ召されますな。それより今は病を治して、福どの知好どのに元気なお顔を見せてさしあげることですよ」

千代保は水でしぼった手拭《てぬぐい》で存の汗を拭い、床へ寝かせてやった。

そっとふすまを開けて外へ出る。

それにしても、かようなときに、江戸へ行かねばならぬとは――。

気がかりが山ほどあった。かえすがえすも口惜しい。ままならぬわが身を思って、千代保は深々とため息をついた。

三

城内でも城下でも、日ごと夜ごと、音曲が鳴り響いている。浅野川や犀川《さいがわ》の河岸には芝居小屋が立ち並び、辻々にも寺社の境内にもおびただしい見世が出現して、金沢は時ならぬお祭り騒ぎに浮かれていた。

この日は、本丸御殿の庭に設えた舞台で、とりわけ盛大な歌舞音曲が披露されることになっている。

八月に二ノ丸、西ノ丸の新御殿が相次いで完成して、まつと永姫はそれぞれ新居に移った。今日はその祝いも兼ねている。

「姑上もいらしてくださることになっていたのですが……」

珠姫は自分のとなりの空いたままの席を見て、どうしたのかしらと目を泳がせた。なにやかやと理由をつけて出席を辞退する千代保に膝詰《ひざづ》め談判をして、この日はやっと出席の確約をとりつけたのだ。

珠姫は、まつと千代保が、まつの帰城以来まだ一度も顔を合わせていないことに胸を痛めていた。一連の歓迎行事は夫をなくした永姫の悲しみを癒《いや》し、気分を引きたてるために思いついたことだったが、そこには、まつと千代保とのあいだのわだかまりをとりのぞいて、城内の雰囲気をなごやかにしたいという切なる思いも込められていた。

「金晴院さまは快方に向かわれたと聞きましたが……もしや、またぶり返したのか」

存はまだ七尾城へ帰れずにいる。

「福姫さまが看病しておられるのでしょう？」

「ええ。ただ、なによりわらわの姑上を頼りにしていらっしゃるようで……」

珠姫と永姫が話している。まつは首を伸ばして珠姫を見た。

「御台さまがさようにお気をつかわれることはありませぬ。来とうない者は来ずともよい。お東さまには江戸へ行かれるお仕度もおありゆえ……」

二ノ丸へ移ってしばらく、まつのもとへは祝い客がひっきりなしにやって来た。千代保も当然、新築祝いに訪れるものと思っていたので、まつは人質交替の話をどう切り出そうかとあれこれ考えていた。ところが千代保は、かたちばかりの祝いの品を侍女にとどけさせただけで、いまだに顔を見せない。まつの堪忍《かんにん》袋の緒は切れかかっている。

「お東さまのご出立はいつですか」

永姫が珠姫に訊《たず》ねた。

「殿がお戻りにならねばわかりませぬ。ご予定ではとうにお帰りになるはずなのですが……江戸で、なんぞ面倒なことがおありなのやもしれませぬ」

「はて。わらわが江戸を発つときは、いつもと変わらなんだがの」

「江戸の父上にうかごうてみます。なにごともないのでしたら、一日も早う、殿をお帰しください、と」

珠姫が「父上」というのは将軍秀忠だ。珠姫に他意はなくても、まつや永姫にしてみれば、いちいち徳川の威光をひけらかされるようで面白くない。顔を見合わせる二人には気づかず、珠姫は華やいだ声をあげた。

「さあ、はじまります。まずは土居左京の母御が、尾張での華々しき軍功の数々を音曲にのせて語り聞かせてくださるそうですよ」

尾張といえば織田家。過ぎし日の実家の栄光は、永姫の胸に悲惨な末路をよみがえらせ、かえって悲しみがつのることに珠姫は気づかない。

永姫の眉間《みけん》には、深いしわが刻まれていた。

小康を得たとき、無理をしてでも七尾へ帰してさしあげるべきだった――。

千代保は悔やんでいた。いったんはよくなったかに見えた存の容態が、ふたたび悪化の一途をたどっている。

「御台さまのお心づかいに、水をさしとうありませぬ」

存は自分の容態を、珠姫はじめ、まつや永姫にも秘しておくようにと、千代保や娘の福に約束させた。病みやつれた姿を見せたくない、という女ごころは千代保にもわかる。とりわけ、まつの目にふれるのは……。

存は控えめな女で、聚楽第の屋敷で利家の子をたてつづけに産んだときも、まつの庇護《ひご》下にあった。侍女の分際を忘れず、寵をひけらかすこともなく、なにからなにまでまつにおうかがいをたてていたから、二人の関係は表面、なごやかだった。

けれど、実際はどうだったのか。あのころ存に夢中だった利家を、まつは内心、不愉快な思いで眺めていたように千代保には見えた。まつは、存の産んだ子供たちをわが子として育てた。が、娘の福を十二で家臣に嫁がせ、知好はまだ物心がつくやつかずのころに寺へ入れてしまった。非難めいたことこそいわないものの、存の胸の内はいかばかりだったか。喜んでいたとは思えない。

そんな存が、今さら憐《あわ》れみの目で見られたくないと思うのは当然だった。存の意思を尊重して、千代保も福も大騒ぎはしないことにした。

「それにしても、うるそうてかないませぬ」

「母がよいと申すのです。がまんいたしましょう」

二人は、本丸や、ときには城外からも流れてくる浮かれ騒ぎに耳をふさぎ、存の看病に専心した。

「寿福院さまが江戸へいらしてしもうたら、わたくしたち、どうしたらよいのでしょう」

福は心細さを隠せない。

「御台さまにようお願いしておきます。そなたには姉さまの千世姫さまもいるのです。きっとお力を貸してくださいましょう。むろん、殿にもよういうて……」

北ノ丸にいる千世は、母のまつと千代保とのあいだをとりもつ役を担《にな》っていた。まつが江戸へ行ってしまってからは千代保が母代わりをつとめてきたため、二人は親しい間柄である。千世は二度の結婚を経て今は独り身で、城内の家臣の家に身を寄せていた。よく似た境遇のゆえか、福とも仲が良い。

「殿さまはいつご帰国あそばすのですか」

「それが、わからぬのじゃ。いまだ、江戸を発たれたとの知らせがのうて……」

「いっそ、お帰りにならねば……あ、申し訳ありませぬ。とんでもないことを申しました」

平謝りする福を見て、千代保は苦笑した。自分にも、利常が帰国して正式に江戸移住を告げられるのを怖《おそ》れる気持ちがある。その一方で、利常の出立が遅れていることに不穏な気配を感じていた。なにか常ならぬことが起こっているのではないか……と。

「先のことは先のこと。今は存さまのご快癒だけを考えましょう」

「はい。薬湯を煎じて参ります」

福は出て行った。

千代保は熟睡している存の枕辺《まくらべ》へ戻る。

千代保と福の不寝の看病の甲斐《かい》もなく、八月二十七日に存は彼岸の人となった。

珠姫は驚き、悲嘆に暮れた。が、まつと永姫は弔問に現れなかった。といっても、弔問したくなかったわけではないだろう。二人はこのとき、連れだって立山連峰の雄《お》山《やま》の麓《ふもと》にある中宮祈願所へ出かけていたのだ。古い由緒《ゆいしょ》をもつ立山中宮は、豊臣軍に焼きはらわれたものの利家によって再建され、女人禁制で頂上まで登れない女性たちの格好の祈願所になっている。

存は、ものいわぬ骸《むくろ》となって七尾城へ帰り、存の郷里、能登国羽咋《はくい》の飯山にある長《ちょう》松寺《しょうじ》へ葬《ほうむ》られた。

存さま。わたくしたち、長いこと、心のこもったおつきあいをして参りましたね。妬《ねた》んだり競い合ったりすることもなく、いつもやさしい気持ちでいられたのは存さま、あなたのお人柄のおかげです。どうぞ、安らかにお眠りください。これよりはわたくしが、福さま知好さまの母となり、しかと、ご後見させていただきます——。

千代保は存の御霊《みたま》に誓った。と同時に、前田の血を引く子供たちや孫たちのために、これからはもっともっと支えなければならぬとの思いを新たにした。まつは老齢だし、珠姫は若すぎる。永姫にもその任はつとまらない。こんなときに江戸へ行かなければならないのは心残りだが、江戸にいても皆の役に立てるはずだ……と。

利常が帰国したのは、それからひと月以上が経《た》った十月十二日である。

久々に目にした息子の顔には闘志と極度の緊張が交叉《こうさ》していた。落ち着きなく瞬《まばた》きをしながらも、その眼光は常にもまして鋭い。

まさにこのとき、大戦の火蓋《ひぶた》が切られようとしていた。去る十月一日、東海・北国・西国の諸大名に挙兵の命令が下されている。駿府の家康自身も十一日、五百余の兵を率いて出陣していた。

二十一になる利常にとっては、晴れの初陣《ういじん》である。

四

千代保の江戸移住は宙に浮いたまま、それどころではなくなった。

「姑上さま。どういたしましょう」

珠姫はおろおろしている。

「どうもこうもありませぬ。万全の仕度をしてお見送りせねば」

帰国したばかりだというのに、利常はあわてて戦仕度をととのえ、明後日にはもう大坂へ向けて出陣するという。

千代保は利常の軍功祈願をするために、羽咋の妙成寺《みょうじょうじ》に利常と連名で三十番神堂を建立《こんりゅう》することにした。三十番神堂とは、三十の神々が毎日交代で守護を司《つかさど》るという日蓮宗の教えに基づき、神々を祀《まつ》る御堂である。

家康が江戸幕府を開いた慶長八年に、千代保はこの寺を菩提寺《ぼだいじ》と定めていた。

前田家では、初代利家が能登一国を治めていたときに妙成寺の寺領を安堵し、二代利長も父に倣《なら》って安堵状を下している。生家が熱心な日蓮宗徒だった千代保も、七尾城にいたころから、北陸屈指の日蓮宗の本山である妙成寺に帰依《きえ》していた。利常が三代藩主となったのちは、千代保の異母兄で仏門に入っていた日淳《にちじゅん》を妙成寺十四世貫首《かんじゅ》として招聘《しょうへい》、荘厳な本堂も建立している。

「これよりは番神がお守りくださる。思う存分、働きなされ」

「はい。手柄を楽しみにお待ちください」

母子はあわただしく祝いの盃を交わした。

「そなたはお父上の利家さまによう似ておる。利家さまは『槍の又左』の異名をとるほどの勇猛果敢な武将じゃった。前田の男子らしゅう戦うて、軍功を立てなされ」

前田家の家紋、幼剣梅鉢紋を縫い取りした鎧直垂《よろいひたたれ》姿に、千代保は目を細める。

総勢二万余の前田軍は十四日、金沢城から出陣した。二十三日には、将軍秀忠も六万の大軍を率いて江戸より出陣、家康軍と秀忠軍は京の二条城で合流して、十一月十五日に大坂へ進軍した。諸大名の軍勢も大坂で集結したため、大坂城をとり巻く徳川方の兵力はおよそ二十万に及んだ。

大坂における戦況は、以後、金沢城の女たちの耳にも刻々ともたらされた。が、詳細までは不明で、知らせそのものが錯綜《さくそう》している。

どうか、無事、帰ってきますように——。

軍功はともあれ命永らえることこそ悲願、千代保は一心に法華経を唱えた。

「姑上。大変です。わが軍が真田軍に敗退したと……」

珠姫が蒼《あお》くなって飛んできた。

「落ち着きなされ。だれがいうたか知らぬが、殿のことじゃ、心配には及びませぬ」

「でも、万にひとつ、殿になんぞあったら……」

「不吉なことを口にしてはなりませぬ。よいか。殿を信じて、毎日、欠かさず、祈りなされ」

千代保は珠姫を諭した。

実は、家康の下知を待たずに真田軍へ攻撃を仕掛け、前田軍が手痛い敗北を喫した話は千代保の耳にもとどいていた。前田軍ではおびただしい戦死者が出ているらしい。一方、相前後して、和睦《わぼく》が成ったとの噂《うわさ》も聞こえてきた。それ以上のことは、今はまだわからない。

「早々に戦は終わりましょう。殿は無事、ご帰還されますよ」

「なにゆえおわかりになるのですか」

「豊臣の軍勢は寄せ集めと聞いています。いくら難攻不落の城というても、何十万もの兵にかこまれては、そう長うはもちますまい」

豊臣恩顧の大名の大半が、徳川に身方している。ぎりぎりまで勝敗の行方がわからなかった関ヶ原の合戦とはちがう。

今や徳川の世――。

千代保は口中に苦い唾《つば》を感じながらも、そう確信せざるをえなかった。利家が生きていたらなんと思うか。けれど関ヶ原の戦から十四年、前田家は徳川に恭順の意を示し、利家の後室を江戸へ人質に送ってまで保身を図ってきた。前田家ばかりではない。それが世の趨勢《すうせい》である。

豊臣は、なにゆえ、そのことを認めようとしないのか――。

聚楽第の煌《きら》びやかさ、大陸出兵の際の賑々《にぎにぎ》しさ、名護屋城での陶酔と高揚……豊臣の栄華の一端を体験した千代保は、栄枯盛衰を思ってため息をつく。

「姉上はどうなるのでしょう？」

珠姫はなおも不安そうに訊《き》いてきた。会ったことはないものの、珠姫の姉の千姫《せんひめ》は敵軍の大将、豊臣秀頼に嫁いでいる。夫の守る城を祖父と父の軍勢が攻める――戦国の世にはままあることとはいえ、千姫の心痛はいかばかりか。珠姫も他人事ではないのだろう。

「心配は無用じゃ。お父上が、娘の婿《むこ》どのを見殺しになされようか」

その場しのぎの気休めではあったが、千代保は珠姫の不安を鎮《しず》めようとした。混乱の最中にある大坂城の女たちを想《おも》い、胸をつまらせる。

「なんという、大馬鹿者が……」

まつは身を揉《も》んでいた。

出陣の呼びかけに、七尾城の城代である利家の三男、存の忘れ形見の知好は嬉々《きき》として従った。ところが京で隠棲していたまつの息子の利政は、今回も参戦しなかった。徳川方からはむろん、豊臣方からも助勢を請《こ》われていると聞いていたので、どちらに加勢するつもりかとまつはハラハラしどおしだったのだ。

和議が成ったと聞けば、なぜ徳川につかなかったかと、なおのこと口惜しい。

「馳《は》せ参じておれば、名誉挽回《ばんかい》が叶《かの》うたに。さようなこともわからぬのか」

江戸にいたとき、どれほど復帰を願い、奔走したことか。タヌキの家康や、同じ腹を痛めた息子ながら弟には手厳しい利長や、千代保の所生《しょせい》というだけで遠慮のある利常や、なにを考えているのかわからないところが不気味な将軍秀忠にまで、機会があるたびに嘆願をつづけた。それなのに、これまでは思うにまかせなかった。

やっとめぐってきた好機である。まつ自身、何度も京へ文をやったのだが——。

「もう……もう、知らぬわッ。どうとでもなるがいい」

自分は高齢だ、今生でわが子が返り咲く姿を見るのは無理かもしれない。そう思うと、まつの怒りはおさまらない。

「姑上。利政さまが動かなんだは、正解ではありませんか」

永姫が珍しく口を開いた。

まつは驚いて、永姫のいつもながらの青白い顔を見る。

「なにゆえじゃ」

「少なくとも、生き永らえましょう」

「それは……むろん……」

「戦は時の運。敗ければむざむざと命を奪われる。いずれにも加担せねば、細々と血脈はつづきます」

「血脈……」

「豊臣は終わった。家康とて高齢、長うはない」

世の中は変わる。生きてさえいれば好機はめぐってくると永姫はいいたいのか。

「豊臣が終わったと？　いや、和議が成ったのじゃ。豊臣は安泰」

「さような噂、鵜呑《うの》みにされておられますのか。姑上。ようお考えあそばしませ。徳

ぼ　よ　ち

川が、豊臣を、生かしておくはずがありませぬ」

織田信長の娘はきっぱりといいきった。そうでなければ、なぜ今ごろになって戦を仕掛けたのか。家康の目が黒いうちに、秀頼という脅威の芽をつんでおくためだ。

「それは考えすぎじゃ。秀頼さまは千姫さまの婿どのぞ。しかも秀頼さまのご母堂、淀《よど》殿の御妹は将軍秀忠さまのご妻女にあらせられる。同じく淀殿の御妹で、京極家へ嫁がれた常高院さまが、こたびはあいだに入って和議をとりもたれたそうゆえ……」

「姑上ともあろうお方が、さように甘いお見立てを」

永姫は薄いくちびるをかすかにほころばせた。

「敗者はすべてを失う。勝ったとて怨《うら》みを買う。戦にはかかわらぬが賢明にございます。それはそうと、わらわは、もとより、いずれの側にもつくつもりはありませんよ」

永姫の最後のひとことは、果たして徳川と豊臣の戦のことをいったのか。それとも……。まつを見つめる永姫のまなざしには、揶揄《やゆ》ともとれる色がある。

まつは急に居心地がわるくなった。

「ともあれ、戦は終わった。年が明けたら和議の祝いに百韻《ひゃくいん》など……」

百韻は連歌の形式の一種で、発句から挙句まで百句を参会者が交替で編んでゆく。

まつはこのとき、百韻を催したら千代保にも声をかけようかと、ちらりと思った。徳川と豊臣が和解したのだ、自分たちも歩み寄るときが来たのかもしれない……。

そう思ったのは、千代保への恨みを倍増させる結果ともなったわが子、利政の不遇は、利政自身に起因するもので、千代保のせいではないという当たり前の事実がようやく腑《ふ》に落ちたためだった。それればかりではない。千代保は、自分が江戸にいたあいだ、千世や豪《ごう》の娘たちの後ろ盾となって親身に世話をしてくれた。利常を養育したまつの長女夫婦にも、長年、変わることのない慈愛をそそいでくれている。思えば前田家を守り立ててきた女同士、いつまでも意地を張り合うのは愚の骨頂。

そう思いはしたものの、まつは千代保を誘わなかった。なぜなら正月、千代保が年賀に来なかったからだ。永姫のもとへは賀詞を述べにきた、と聞いたのに。

なんじゃ。こちらから誘うことはない——。

まつは恨みがましい目で、東ノ丸の方角を眺める。

千代保は、二ノ丸の方角を、あえて見ないようにしていた。

珠姫から聞いたところによれば、和議の知らせがあったとき、まつは本丸へ祝いを述べにきたという。それなのに東ノ丸へは音沙汰無し。人質役を千代保に押しつけたことがうしろめたくて、いまだに顔を合わせられぬのだろう。

あちらがそうなら、こちらだって――。

つい意固地になってしまう。そのたびにあわてて自らを諫《いさ》めた。半年前は、諫める気にさえならなかった。自分たち母子を遠ざけ、ないがしろにしたのはまつ……と恨みをつのらせていたからだ。

ところが、利常が初陣を果たしたのちは、毎日のように番神を想って手を合わせているうちに、己の狭量さが恥ずかしくなってきた。邪心を抱えていては祈ることもできない。

わが子を戦場へ送り出してはじめて、千代保はまつの壮絶な半生に思いをいたらせた。自分が侍女だったころは、ひっきりなしに戦があった。まつは子を産み育てながら、何度となく夫を戦場へ送り出し、そのたびに生きて帰るかどうか、不安な日々をすごしてきたのだ。利家の死後は関ヶ原の合戦があった。利長が危うい立場に追い込まれるたびに、まつも背筋を凍らせていたはずだ。わが子のため、前田家のために率先して江戸へおもむき、十四年ものあいだ、人質の立場にも甘んじた。故郷を偲《しの》び、娘たち恋しさに泣いた日もあったにちがいない。

母が子を想う心は、わらわも芳春院さまも同じ――。

二月半ば、利常が軍勢を引き連れて帰ってきた。真田軍との戦は噂にたがわぬ死闘だったようで、出陣したときと比べて兵の数は大幅に減少していた。その上、無傷の者はほとんどいない。和議が成ったとはいえ、安堵や歓喜はみじんもなく、城は重苦しい気配につつまれた。

「殿のご様子は？　ご気色はようなられましたか」

「それがあまり……わたくしの前ではいつもと変わらぬお顔をしておられますが、それとてなにやらぎこちのうて……。ときおり人払いをして難しいお話を……」

大坂へ残してきた家臣から知らせがとどくたびに、横山、篠原、奥村または本多といった重臣を呼び、長々と密談をしているという。

「戦は、終わったのではないのか……」

初陣で思うような手柄が立てられなかったので鬱々《うつうつ》としている、というならわかる。が、それればかりではないらしい。

千代保や珠姫にかぎらず城中の者たちすべてが感じていた不安は、間もなく現実となった。

四月六日七日、諸大名のもとへ相次いで出陣命令が発せられた。

「いったい何事じゃ。また戦か」

「母上。留守をよろしゅう頼みます」

四月十八日、利常は前回同様、大軍を率いて出陣した。

大坂夏の陣と呼ばれる合戦の火蓋が切られたのは、五月六日だった。翌七日には早くも大坂城は落城。燃え盛る焔《ほのお》の中で秀頼と淀殿は自害、豊臣家は終焉《しゅうえん》を迎えた。

五

キルリキルリ、チッチッチと鳥が鳴いている。黒ツグミか、野ビタキか。黒い背中がちらと見えたような……葎《むぐら》にからみついた昼顔の花がかすかにゆれている。

「母上。少々、よろしゅうございますか」

前触れもなく入ってきた利常を見て、千代保は目をしばたたいた。藩主が自ら東ノ丸を訪れることはめったにない。

「使いをよこせば、わらわから出向いたものを」

「いえ。母上と二人で話がしとうて」

利常は千代保のかたわらにやって来て胡坐《あぐら》をかいた。しゃちほこばって向き合うのではなく、並んで庭を眺める。

大坂から帰っても利常は多忙だった。家臣たちの論功行賞のために検地をするという。豊臣方の残党狩りもはじまっていた。城下は騒然としている。

利常は今回の戦で、目を瞠《みは》るような軍功をたてた。七日の総攻撃では大野治房《おおのはるふさ》の軍勢と戦って三千二百に及ぶ首級《しるし》を挙げている。喜んだ家康から、恩賞として四国一円への国替えを提案されたものの、利常は固辞していた。

昨冬、初陣におもむく際は阿修羅のごとき形相で、双眸《そうぼう》をらんらんと輝かせていた息子である。手柄どころか失態を演じて帰ってきたときは、当然ながら落胆して、憔《しょう》悴《すい》の色もあらわだった。今回は名誉を回復、さぞや有頂天になっているものと思っていたのだが――。

間近で見る横顔はげっそりとやつれ、視線にも落ち着きがない。

「わらわが江戸へ下る話なれば、案ずることはありませぬ。昨年から、そのつもりで、仕度を進めておりました。いつなりと……おう、そうじゃ、ひとつだけそなたに頼みがあります。出立前に妙成寺へ参詣《さんけい》する許しを……」

江戸へ行けば、おそらく金沢へは二度と帰れまい。となれば、なんとしても菩提寺へ詣《もう》でておきたい。妙成寺には兄の日淳もいる。

「許しもなにも……母上の御意のままに」

「こたびの戦では多くの命が失われました。供養塔を建てようと思うのですが、そのことも、そなたにいうておかねばならぬと……」

「むろん、ぜひとも。それがしも、戦で亡《の》うなった者たちの霊をいかにしたら慰められるか、思案していたところです」

千代保は、利常の目の中に苦悶《くもん》の色が広がるのを見た。手柄を誇るどころか、利常は今回の戦に納得のゆかぬものを感じているらしい。

「母上……」と呼びかけて、利常は腹の底からしぼりだすような吐息をついた。「母上だけに申します。戦は……辛《つろ》う、ございました」

「猿千代……」

思わず幼名がもれる。

「戦と聞いて気が逸《はや》り、われこそは軍神、亡き父上に褒めていただけるよう敵将の首級を……なんぞと意気軒昂《けんこう》、勇んで出陣しましたが……。敵の首をとるのはなんとも……いや、なにより、大坂城の天守が焔につつまれるのを見たときは……」

「文禄の役で肥前名護屋にいたとき、淀殿をようお見かけしました。前田の女子というのでお声をかけてもろうたこともある。小袖《こそで》やら菓子やらもいただいて……」

淀殿はきらきらと輝いていた。悪口をいう者たちもいたが、千代保にはやさしく、千代保の目には初々しく幸せそうに見えた。

「わらわもやりきれぬ思いじゃ。秀頼さまはそなたと同い歳。草葉の陰で、太閤《たいこう》さまがどんなに嘆き悲しんでおられるかと思うと……」

「母上、江戸では、さような話をしてはなりませぬ」

「わかっています。前田に疑いの目が向けられるようなことは決して……」

「母上と話ができてようございました。弱気なことをいえば、皆から白い目で見られる。それゆえ今日まで胸にしまって……」

側室の子である四男が大大名となった。大出世といいたいところだが、それはそれで、並大抵の苦労ではなかったはずだ。十三で家督を継いでから昨年までは先代の利長が存命していた。なにかにつけて顔色をうかがわなければならなかったし、旧臣が周囲を取りかこみ、幕府は幕府でお目付け役を送り込んで目を光らせていた。

「そなたの苦労は、この母がだれよりもよう存じています」

思いを込めていうと、利常は結んでいた口元をやわらげた。

「実は、母上にご相談したきことがあります」

利常が相談したいといったのは、異母兄の利政にかかわることだった。

まつの次男である利政は、関ヶ原の合戦の際に旗色を定めなかったために改易となり、いまだ京で隠棲している。まつは赦免と復権を嘆願しつづけていたが、将軍家も前田家もこれまでは動く気配がなかった。

「芳春院さまは、わらわがなにもしないと恨んでおられるようなれど、それはちがいます。わらわとて胸を痛めておりました」

「わかっています。断固、許さぬと仰せられたは亡き異母兄上《あにうえ》、利長どの。母上にもそれがしにも、異母兄上のご意向を覆《くつがえ》す力はありませなんだ」

かの関ヶ原合戦のときだ。前田家存亡の危機に立たされ、苦渋の決断をして東軍に身方せざるをえなかった利長は、どんなに弟の助勢を待ち望んでいたか。いきなり梯《はし》子《ご》をはずされたも同然、当時は七尾城にいた利政からの援軍がないまま右往左往させられた苦い思い出は、死ぬまで消えなかったにちがいない。

その利政が、大坂へ訪ねてきたという。

「まことか。して、なんと？」

利政は今回も参戦しなかった。

「嫡男を、頼む、と」

戦勝に気を良くした家康は、利政が豊臣方からの誘いを拒んだ話を耳にして、利政の出方次第では赦免して小国を与える気になっていた。が、利常が打診をしたところ、利政はあっさり断ってしまったという。徳川に仕える気はさらさらない、と。

「なれば、代わりにその、ご嫡男を？」

「いや。嫡男も、徳川の属将にする気はないときっぱり。母上は将軍家に泣きついてでも出世栄達を望まれよう、なれど、それだけは承知してくれるな……と」

千代保は耳を疑った。わが子の出世を望むのは親として当然ではないか。しかも今なら道が拓《ひら》けるかもしれない。この話を耳にすれば、まつは孫に希望を託し、あらゆる手を尽して孫の出世を後押しするはずである。

「利政どのは、わざわざ大坂へやって来て、そなたに頼みがあると仰せられたのですね。いったい、ご嫡男をいかにせよと？」

「郷里の金沢で、競わず争わず、穏やかで健やかな生涯を送らせてやってほしい、と。そうはいうても、むろん、御母堂の芳春院さまのことはお気にかかっておられるようで……血筋が絶えぬよう、嫡男に、芳春院さまの実家の家督を相続させてはどうか、とも」

利長には男子がいなかったので、千代保の子である利常が家督を継いだ。利政は、老母のために孫を一人、金沢へ送り込もうというのだ。幕府へ仕官させるのではない、まつのそばでまつを支えるために。まつの血筋が途絶えてしまわぬように。

「ご嫡男はおいくつになられるのですか」

「十二だそうな。名は又若《またわか》と」

「又若……」

「利政どのも、今では宗悦という号のほうがとおりがよいらしい。お住まいの嵯峨では、本阿弥《ほんあみ》光悦《こうえつ》さまと親しくされておられるそうでの。それゆえ、宗悦どのと……」

千代保はあッと目を瞠った。

光悦――もしや今、利常は本阿弥光悦といわなかったか。

あれは、そう、聚楽第の屋敷にいたころだ。利家の側室になる前、光悦といっとき心を通わせた。本法寺《ほんぽうじ》、巴《ともえ》の庭、日蓮聖人《しょうにん》への崇拝……清らかで美しい、忘れがたい思い出である。

「母上。どうかしましたか」

「い、いえ……いえ、光悦どののお名を、久しゅう耳にしておらなんだゆえ……」

「本阿弥家は前田の家臣。めずらしい名ではありますまい。光悦どのは分家ゆえ、それがしも会うたことはありませんが、あれだけの著名なお人、お噂はよう……」

「ええ、ええ。昔のことを、思い出したのです。あの光悦どのとお親しいのなら……

利政どのの御事が、なにやら、少しばかり、わかったような気がします」

明るい声でいう千代保とは裏腹に、利常はけげんな顔をしている。

「本阿弥光悦さまが、なにか、この件とかかわっておられるのですか」

「いいえ、そうではありませぬ。ただね……いえ、ようわかりました。利政どのが又若どのになにを望んでおられるか。仰せのとおりにしてさしあげましょう。金沢へお呼びして、芳春院さまのおそばに……」

「芳春院さまは、又若を江戸で将軍家のお小姓に……などと仰せになられるやもしれませぬ。いや、きっと仕官をせっつかれる」

まつは、自分の孫が千代保の息子の家臣になることを快く思わぬはずだ。それならいっそ徳川の家臣に……と、画策をはじめるにちがいない。

「そのときは、わらわが難色を示しているといえばよい。そなたは徳川に推挙したが、わらわが江戸へ寄越すな、と」

「それではますます母上が恨まれます」

「ホホホ、今さらなんと思われようとかまわぬ。われらが仲良うなってごらん、皆が気味わるう思いましょう。天変地異が起こるのではないか、などと。わらわと芳春院さまはの、そなたら男子とはちごうて、最後まで、堂々と、一歩も退かずに戦わねばならぬのじゃ」

「母上……」

千代保はこれまでの人生で、このときほど晴れやかな心地になったことはなかった。

たった今、もうひとつ、わかったことがある。利長はとっくに弟を許していたのだ。弟が、徳川と豊臣の間で悩んだり、余人より広い領地や多くの財、高い地位を得るためにあくせくしたり、敵将の首を搔《か》っ切ったりするよりも、本阿弥光悦のように生きたいと望んでいることに気づいていたのだろう。そして、人質となった妻子を見捨てられなかった心やさしい弟が、自分の名誉挽回のために必死になっている母をもまた、捨てきれずにいることを……。だからこそ、母子のあいだがこじれぬよう、自分が矢面に立ってやらなければならぬと考えた、そうにちがいない。

「心配は無用です。それこそ、わらわが役目」

江戸へ行っても、いや、江戸にいればこそ、出来ることがあるはずだ。まつが暮らした江戸で、今度は自分が前田家を守り立てる。事が起これば防波堤にもなってみせよう。

あのお人には負けぬ——。

千代保は闘志をかきたてた。

＊

五月に妙成寺へ参詣し、五重塔の建立を発願した千代保は、八月、江戸へ出立した。芳春院まつと面会したのは出立の数日前で、しかも、一度きりだった。

呼びつけたのはまつである。この日まで顔を合わせることのなかった二人は、互いの変貌《へんぼう》ぶりに驚き、しばらくは声も出せなかった。

ふくよかで年をとらぬといわれていても、最後に会ったとき四十六だったまつは六十九の老女になっている。明るく溌剌《はつらつ》としていた二十三の千代保は、このとき、当時のまつと同じ四十六になっていた。歳月は容赦ない。

まつは終始、硬い表情をくずさなかった。

「ひとこと、厳命しておく。江戸へ参ったら、身の始末は自身ですべし。忌々《ゆゆ》しき事あらば、即刻、自害せよ。それがいいとうて、来てもろうたのじゃ」

千代保も、くっきりとした目でまつの目をにらみ返した。

「かしこまって、ございまする」

二人が胸の奥底でなにを思っていたか、だれも知らない。

少なくとも千代保は、大いに満足していた。老いたりといえども凛《りん》として、一度として下手に出ることとのなかったまつを「あっぱれ」と胸の内で称賛し、まつが加賀前田家の太陽なら自分は月、好敵手に恵まれた半生をこの上なく幸せだと思った。

翌々年の七月、まつはこの世を去る。その枕辺では、利常の家臣となった孫の又若が――まつの再三の希望にもかかわらず将軍家への仕官が叶わなかったがゆえに――息を引き取る最期《さいご》の瞬間まで、祖母の手をやさしくにぎりしめていた。

湖畔にて

一

なにもしなくても、じとじとと汗ばんでくる。今朝方は霜が降りていた庭土に、今は陽炎《かげろう》がゆらいでいた。寒かったり暑かったりは晩春ならでは……とはいえ水辺の湿地は二六時中じめついている。

前田修理《しゅり》知好《ともよし》は、脇息《きょうそく》にもたれて庭を眺めながら、右の手指で足の脛《すね》をぼりぼり掻《か》いていた。ぶるっと身をふるわせる。発汗と思えば悪寒《おかん》のめまぐるしさは、長雨が上がるのを待ちかねてくりだした昨日の舟遊びで、軽い風邪でもひいたのか。

鞍馬《くらま》山《やま》の真勝院にいた知好に「金沢へ帰参せよ」との下知がもたらされたのは、一昨年、寛永三（一六二六）年の十月だった。

なにゆえ今になって……？

驚きはしたが、同時に快哉《かいさい》を叫んだ。山を下り、あれこれ手筈《てはず》をととのえて京を発《た》ったのが昨年の四月。近江国今津は金沢へ行く途上の琵琶湖の畔《ほとり》にある。海津や大津と共に加賀藩の飛び地でもあった。ここ今津の曹澤寺《そうたくじ》は加賀前田家の菩提寺《ぼだいじ》なので、金沢へ帰参する前にしばらく滞在して、受け入れ側の家臣たちとの打ち合わせかたがた骨休めをするにはもってこいだ。

なにしろ、有庵と称して頭を丸めていた男が武士に返り咲くとなれば、髷《まげ》を結えるよう髪を伸ばすことからはじまって、諸々《もろもろ》の仕度が必要だ。藩主の兄ともなれば、それ相応の威厳を保って乗り込みたい。

故国を出奔《しゅっぽん》してから十二年の歳月が経《た》っていた。もう帰参は叶《かな》わぬのか。京の片隅に、名もなき骨を埋めるのか。自ら納得して――といってもそれは表向きで、実のところは自棄《やけ》になって――致仕したものの、家名の存続と子らの行く末を思えば、今一度、返り咲きたいとの焦《あせ》りはいかんともしがたい。

そこへ、上野国《こうずけ》七日市藩主である異母弟の前田利孝《としたか》が訪ねてきた。

「寿福院《じゅふくいん》さまの長年の嘆願が功を奏し、殿もようよう承知なされました。今をおいて他なし。ぜひとも金沢へ帰られますよう……」

寿福院は、加賀前田家の初代・利家の側室の一人だが、腹を痛めたわが子の利常《としつね》が三代藩主となったために、今や藩主のご生母で江戸藩邸で暮らしながら前田家の家刀《いえと》自《じ》として奥向きを仕切り、家中では隠然たる力を有していた。

知好の母の存《あり》も、利家の側室の一人だった。が、十四年前に他界している。寿福院はまだ千代保《ちよぼ》と呼ばれていたころから存と親交があった。存は亡《な》くなる前に子供たち──福《ふく》と知好の姉弟──を頼むと寿福院に託していったそうで、金沢にいた福のことはもちろん、母の死後、京で浪人となった知好のことも、なにくれとなく気にかけてくれた。寿福院の陰の援助がなかったら、知好は路頭に迷っていたにちがいない。

このたびは、知好の帰参と同時に、京にいる娘たちを江戸へよこすようにとの誘いもあった。手元において養育してやりたいとの、寿福院からの願ってもない申し出である。

知好には三男七女がいた。金沢で暮らす一人はすでに嫁ぎ、もう一人も商家へ預けられて不自由なく暮らしている。それに比べて京にいる娘たちは心もとない。幼い者はさておき、知好は十六の左呉《さご》と十二の貝《かい》を江戸へ送ることにした。寿福院なら安心だ。前田家の姫にふさわしい礼儀作法と教養を伝授して、しかるべき家との縁談をとりもってくれるはずである。

寿福院さまは、おいくつになられたか──。

最後に会ったのは母が死去した翌年、寿福院が江戸へ発つ少し前だったから、十三年前になるか。そのときのことは鮮明に覚えていた。忘れろといわれても忘れられない。

あのとき、寿福院は四十代の半ばだったはずだが、肌は艶《つや》やかで、黒髪もたっぷりとしていて、年齢を感じさせなかった。とりわけ漆黒の大きな眸《ひとみ》は活力にあふれ、人質として江戸へ下るというのに、臆《おく》する気配はみじんも感じられなかった。

「わらわに万事、おまかせください」

双眸をきらめかせて、寿福院は約束をしてくれた。

歳月こそかかったものの、約束はついに果たされた。最後まで尽力を惜しまなかった寿福院の忍耐と慈愛に、知好は感慨もひとしおである。

ギャッギャッと蛙《かえる》の声が聞こえた。冬眠から目覚めた蛙が、この季節、番《つが》う相手を求めて鳴いているのか。いったいどこに……と、枯山水の庭を見まわしたとき、目の前を黒い影がよぎった。両手で叩《たた》きつぶそうとしてしくじる。そういえば、昨日の舟遊びでも蚊に悩まされた。払っても払ってもつきまとわれた。

再びおそってきた悪寒に身をふるわせたそのとき、従者が襖《ふすま》越しに待ち人の到来を知らせた。

「おう、参ったか。これへ」

立ち上がろうとしてふらりとよろめいたものの、知好は床の間を背に座りなおした。

体調は万全とはいえないが、胸は喜びにはずんでいる。

今枝直恒《なおつね》、通称民部《みんぶ》に会うのも十三年ぶりだった。かつては最も信頼する家臣で、大坂の冬の陣でも共に戦っている。

襖が開いて、四十がらみの武士が入ってきた。

「お久しゅうございまする」

下座に平伏した民部は、早くも涙声になっている。

「うむ。そのほうも達者でなにより。いくつになる？　顔を見せぃ」

「四十二に。あれから、十年の余にございますゆえ」

「われらも歳《とし》をとるわけだ。江戸はどうであった？」

「寿福院さまにようしていただきました。ほんの短きあいだにございましたが、姫さまもお健《すこ》やかに……」

民部はふりむいて合図をした。膝《ひざ》をにじらせて脇《わき》へ避ける。すると襖の陰から十三、四の娘が入って来て両手をついた。

「父上さま。不理《ふり》にございます。お会いしとうございました」

知好は息を呑《の》んだ。しばらくは声も出せぬまま、垂れ髪の小柄な娘を見つめる。

「不理……おう、不理かッ。おうおう、大きゅうなったのう。いくつじゃ」

「十四になりました」

「そうか……もう、さようになったか……」

文のやりとりで、互いの動向は耳に入っていた。が、父娘が面と向かって話をするのははじめてだ。知好は稚児のときに娘の顔を見ているが、不理には父の記憶がない。なぜなら生まれたその年に、人質として江戸へ送られたからである。

「さぞや恨んだであろうの。そなたに白羽の矢を立てたことを」

「いいえ、さようなことはございませぬ」

「あのときは、そなたしかおらなんだのだ。今さらいうても詮《せん》なきことだが、身を切られる思いじゃった」

当時、知好には娘が三人いた。長女は金沢にいる異母姉、千世《ちよ》のもとで養育されており、三歳の次女は病弱で長旅に耐えられそうになかった。そこで、生まれたばかりの三女の不理が、乳母と共に江戸へ下った。もっとも、江戸では寿福院が養母役をつとめてくれたと聞いている。

江戸は……と民部へしたのと同じ質問をしようとして、知好はすぐにまちがいに気づいた。不理は、翌年にはもう金沢へ帰された。知好が武士の身分を棄てて京へ出奔してしまったので、もはや徳川への人質は不要になったのだ。

「そうか。おまえは、寿福院さまを覚えておらぬのか」

「はい。残念ながら。なれど、いつもお気づかいくださって、御文やら、お江戸の珍しい小物やらをお贈りくださいます。金沢では千世さまや福さまからしょっちゅうお噂《うわさ》をうかごうておりましたので、知らぬような気がいたしませぬ」

「さもあろう。寿福院さまは、福とわしを、実のわが子のように愛《いつく》しんでくださった。姉上もどんなにか……」

知好は声をつまらせた。姉の福は八年前に死去している。

「姉上とも、会うて話がしたかったのう」

「福さまも今一度お会いしたいと仰《おお》せでございました」

座がしんみりしたところで、民部が膝を進めた。

「金沢では皆、修理さまのお越しを今か今かとお待ち申しております。殿も、遺漏《いろう》なきよう、仕度を進めよと。お住まいもととのうておりますゆえ、ご家族皆々、いつなりとお越しいただけまする」

知好自身は六年前に剃髪《ていはつ》して鞍馬山の真勝院へ入山していたが、家族はそれまで住んでいた洛中麩屋町《らくちゅうふやちょう》の住居で今も暮らしている。知好が金沢へ帰れば、一家も引き移ってくることになっていて、息子たちには相応の身分が与えられる約束だった。

「弟妹に会えるのですね。うれしゅうございます」

不理は目を輝かせた。

「左具と貝は江戸へやった。男子と幼き娘たちだけだがの」

「まあ、一家そろうて金沢へいらっしゃるものとばかり……」

不理は眉《まゆ》を曇らせる。

「専《せん》がの、自分も江戸へ行きたいと泣きおった。姉たちと離れとうないと。だが金沢にも姉が待っていると聞いて機嫌をなおした。たいそう楽しみにしておるぞ」

「専どのは……たしか、わたくしより三つ下。わたくしも専どのに会えるのを心待ちにいたしましょう。あちこちお連れするのが楽しみにございます」

「おう。よろしゅう頼むぞ。皆、金沢のことは皆目わからぬ。おまえが頼りだ」

知好は改めて不理の眸を見つめた。聡明《そうめい》で温かみのあるまなざしだ。人なつこく物怖《もの》《お》じしないのは、武家ではなく商家で育てられたせいかもしれない。

別れたとき――不理を手放したあのとき――は、悲しむより悔しかった。正直なところ、思い悩んでいる暇《いとま》はなかった。不理にはわるいが、わが身のことで精一杯。当時の知好は、憤《いきどお》り、追いつめられて、自暴自棄になりかけていた。

――三界は安きことなし、なお火宅のごとし。

法華経を唱えなさいと寿福院からはよく諭された。あのころは聞き流していたが、今ならわかる。

「父上、どこぞ、おかげんがおわるいのですか」

不理に訊《き》かれて、知好ははっと居住まいを正した。不理ばかりでなく、民部もけげんな顔を向けている。

自分では気づかなかったが、いわれてみれば手指が小刻みにふるえていた。体の芯《しん》から泡立つような不快感がこみあげてくる。

「寒気がなさいますので？　お熱があるのやもしれませぬ」

「お顔の色もようありませんよ」

「寒暖の差のはげしい季節ゆえ、お風邪を召されたか。お休みになられたほうがようございます。拙者は明日、金沢へ戻らねばなりませんが……」

「はい。わたくしは父上のおそばに……」

二人の話し声が遠ざかる。

知好はうずくまって喘《あえ》いだ。その眼裏《まなうら》に、不理と別れた日——すなわち寿福院と最後に会ったあの日の光景が、流れては消える雲のように切れ切れに浮かんでいた。

二

慶長二十（一六一五）年六月、寝苦しい夜々がつづいている。

異常な熱気は、残暑のせいばかりではなかった。冬と夏の大坂の陣の凄惨《せいさん》な結末、容赦のない残党狩りなど、次から次へとおぞましい話が聞こえてくる。世の中のだれもが火焰《かえん》地獄であえいでいるような……そんな世情のせいもあるのか。

このたびの合戦は、関ヶ原の戦とちがって、はじめから徳川が優勢だと思われていた。それでも戦は時の運だ、なにがあるかわからない。千代保（寿福院）は、初陣《ういじん》におもむいた利常の武功を祈り、菩提寺と定めた能登羽咋《はくい》の妙成寺《みょうじょうじ》に三十番神堂を建《こん》立《りゅう》、朝夕の祈願を欠かさなかった。

難攻不落の大坂城に手を焼き、予想外の犠牲を払ったものの、徳川方は勝利をおさめた。が、千代保にはわが子の凱旋《がいせん》を祝っている暇はなかった。江戸移住の日が迫っている。千世や福、珠姫《たまひめ》、なにより一昨年に生まれた可愛《かわ》い盛りの亀鶴姫《かめつるひめ》を残して、江戸へ行かなければならない。慣れ親しんだ金沢から、いつ牙《きば》をむかれるかわからない徳川のふところへ飛び込むのは、気丈な千代保といえども腰がひける。できることなら辞退したいと何度思ったか。

むろん、辞退などできるはずがない。今はもう覚悟ができていた。いかなる逆境にあっても自ら道を切り拓《ひら》けと、亡父に教えられた。数々の迫害に耐え抜いて法華経を説いた日蓮聖人《しょうにん》を思えば、これしきのことで文句をいうのはおこがましい。

それでも、出立前の千代保にはひとつだけ気がかりがあった。

他界した存の忘れ形見、知好である。

存には利家とのあいだに二人の子がいた。姉の福は二十九歳、弟の知好は二十六歳、本来なら千代保が気にかける年齢ではない。けれど存は二人のことを死ぬ間際《まぎわ》まで案じ、千代保に後見を託した。

福は前田家の重臣、能登福水城主の長好連《ちょうよしつら》に嫁いだ。四年前に夫が病死した後は、前田家の家老で、利家の五男利孝の養育係でもあった中川光重の息子、光忠の妻となった。今度こそ安穏な暮らしを……と願ったのもつかの間、二年も経たない一昨年の暮れ、福は一方的に離縁されてしまった。

このときの驚きは、いまだ千代保の記憶にも新しい。泣きくずれる福に寄りそい、ひと夜を共に過ごしたのは、七尾にいた母の存ではなく、金沢城内にいた千代保だった。

なにがあったのですか――。

問いただしたい気持ちを抑えて、千代保は福の背中をさすり、泣きたいだけ泣かせてやった。聞かなくても、おおよその察しはついている。福の夫の光忠は、妻を疎《うと》んじて離縁したのではない。福に、福の異母弟である主君の利常に、ひいては加賀前田家に、災いが降りかからぬようにと大あわてで出奔したのだ。

なぜなら、光忠にはキリシタンの疑いがかけられていたからだ。

利家存命のころ、堺を中心とした摂津周辺ではキリシタンが急増した。織田信長の容認をとりつけた彼らは各地に教会を建て、精力的に信仰を広めた。高山右近や小西行長など、大名の中にも熱烈な信者があらわれ、細川家の玉姫（洗礼名ガラシャ）や宇喜多家へ嫁いだ利家の娘の豪姫《ごうひめ》（洗礼名マリア）など、デウスを信仰する女たちも続出した。

ところが信長の死後、最初のうちこそ友好的な関係を保っていた豊臣秀吉が、手のひらを返したようにキリシタン排斥を宣言した。棄教を迫られたものの拒否した高山右近は、領地と財産を没収され、利家に招かれて前田家の客将となった。右近の高潔な人柄に魅《ひ》かれて、前田家の家臣の中でも信仰心を抱く者が増えた。二代藩主利長《としなが》も、西洋人の宣教師を金沢城に招いて歓待している。

福が嫁いだ長家も中川家も、高山家と親交が深かった。そもそも中川光重は千利休の門弟で、茶の湯に没頭して秀吉の怒りを買ったことがあるほどの粋人である。利休のまわりにはキリシタン大名が綺羅《きら》星のごとく集っていた。その父の影響か、息子の光忠もキリスト教に心酔していたようだ。

それでも、当時はまだ鷹揚《おうよう》だった。千利休が秀吉の命で自害させられたころからキリシタンの迫害がひんぱんになり、さらに家康が天下の実権をにぎるや、形勢は激変した。家康の下でキリシタン排斥の機運が高まったのは、キリシタンが大坂方と手を結び、徳川に盾突こうとする兆《きざ》しが見えはじめたからだろう。

一昨年の十二月十九日、禁教令が発布された。利長に疑いの目が向けられることを危惧《きぐ》した右近は、前田家を去った。翌年には長崎からマニラへ国外追放されている。相前後して、前田家の家臣、数名も致仕した。中川光忠もその一人で、いち早く姿を消している。隠居の身となっていた光重も後を追うように不審死を遂げているから、前田家の姫の嫁ぎ先であったがために、キリシタンとのかかわりを疑われて主家に災いをもたらすようなことがあってはならぬと、中川父子はあわただしく身の始末をつけたものと思われる。

「福どの。わけは話さずともよい。聞かずとも、わかっています。そなたがどれほど傷ついているかも……」

「いいえ。わたくしが辛《つら》いのは離縁されたからではありませぬ。夫がわけを、話してくださらなかったからです。話してくだされば、わたくしもご一緒に……」

高山右近は前田家を去る際、妻子を残していこうとした。が、妻子は頑として聞かなかった。長崎から船に乗るときも、引き留めようとする者たちを後目《しりめ》に、強引に乗り込んでしまったと聞く。

では福も、夫と命運を共にしたかったのか。もしそんなことになったら——それでなくても利長は大坂方とのかかわりを疑われたことがある——加賀前田家が再び窮地に立たされるかもしれない。

「お気持ちはお察しします。なれど福どの、そなたは前田家の姫でもあります。軽々しい行いは慎まねばなりませぬ。前田家の存続にそなたもかかわっているのですから」

「寿福院さまはキリシタンがお嫌いなのですね」

「好きとか嫌いとか、さようなことではありませぬ」

実際のところ、千代保は熱心な日蓮宗の信徒だが、だからといって、キリシタンを目の敵にしているわけではなかった。ただ、キリシタンの困ったところは、唯一《ゆいいつ》絶対の神がいて、他の神や仏の存在をいっさい認めないことである。千代保は、神社があれば手を合わせ、宗派の違いでときに争うことはあっても禅宗であれ天台宗であれ、等しく敬意を表している。日蓮聖人の意には沿わぬことかもしれないが、この国ではそうやって各々《おのおの》が他者を認め、共存しながら生きてきた。

「福どのに今、説教めいたことがいえるほど、わらわはデウスの教えとやらを存じませぬ。そなたがなにを信じようが、それはそなたの心次第……さように思うているのですよ。ただね、これからはいっさいデウスの名を口にしてはなりませぬ。なぜならそれが、中川光忠どのの願いだからです。福どのを大切に思えばこそ、なにもいわずに去ってゆかれた……そのお気持ちを、汲《く》んでさしあげることですよ」

福は二度目の夫、中川光忠に、心底惚《ほ》れていたのではないか。そして光忠も、福をだれよりも大切に思っていた。顔も知らぬまま夫婦になった二人が、わずか二年にも満たぬ夫婦生活でそこまで深く心を通わせるなど、めったにあることではない。

千代保は、それ以上なにもいわず、このことをだれにも話さなかった。福を東ノ丸に呼びよせ、寝起きを共にすることで、福が少しずつ蘇生《そせい》してゆくのを見とどけた。もう二度と嫁ぐ気はありませぬ、わたくしは今も光忠さまの妻にございます……そういいはる福を前田家の家老をつとめる今枝家へ預けたのも、千代保だった。

今枝家は長家や中川家と同様、本阿弥《ほんあみ》家とも親しい。当主の重直《しげなお》と本阿弥光悦《こうえつ》は、肝胆相照らす仲である。

さらにいえば、今枝家の養嗣子である民部（直恒）は、利常の下知に従い、大坂冬の陣の際、知好の指揮下で戦った。知好の家臣でもある。

福の一件はおさまるところへおさまった。風の便りによると、浪々の身となった光忠は京に隠棲《いんせい》しているようで、早々と致仕したおかげで前田家には災いが及ばずにすんだ。

ところが──。

この余波は別の方角へ波及した。

弟の知好である。

知好は七尾城代で、異母弟でもある利常の傘下《さんか》で大坂の戦に出陣した。早駆けをするなど武功どころか失態をしでかしはしたものの、徳川方の一武将として尽力したのはまちがいない。それなのに合戦後の軍功報奨は皆無、どころか徳川は一国一城令を発布して、七尾城の破却を命じるつもりでいるらしい。城下に四町四方の屋敷地を与えられるというが、命がけで戦ってこれだけか……と、知好が不満を抱くのは無理もなかった。

その不満がどういうかたちで幕府の耳に入ったのか。利常の正室の珠姫は将軍秀忠の娘ゆえ、前田家の家中には徳川に通じる者がいくらもいる。もうひとつ、姉の福が中川光忠の正室だったことも、幕府から疑いの目を向けられる一因になったにちがいない。それでなくても知好がいた七尾は、高山右近が一時期住んでいたこともあって、キリシタンと縁が深い。キリシタンが一堂に会していたと噂される寺もある。右近に感化されて禁教令に異を唱える者たちが、知好を旗頭に立てて決起しないともかぎらない。

こうした噂は、いち早く千代保の耳にも聞こえてきた。

千代保はぞっとした。今、幕府から嫌疑をかけられたらどうなるか。前田家にとっては存亡の危機ともなりかねない。なにより千代保が恐れたのは、わが子の利常がやむにやまれず存の子である知好を成敗する――そんな悲劇が現実になることだった。

悩み抜いたすえ、兄の日淳《にちじゅん》の力を借りることにした。日淳は七年前、妙成寺の十四世貫首《かんじゅ》となっている。知好のことがなくても、千代保は江戸へ発つ前になんとしても今一度、菩提寺へ参詣《さんけい》したいと願っていた。ちょうどよい機会である。

なにより兄は、知好の恩人だった。知好は七つのとき石動山の寺へ入れられ、仏道修行に励んでいたが、武士になりたいという願いを棄てきれず、十五で山を下りた。

ぼ　よ　ち

家臣の田辺茂右衛門のつてではじめは北ノ庄の某寺を頼り、さらに縁をたどって越前府中にある経王寺《きょうおうじ》へ身を寄せた。なぜなら、この経王寺こそ、かつては千代保の父が仕えた朝倉家の本拠地だった一乗谷《いちじょうだに》に堂宇をかまえ、朝倉滅亡後は日淳が府中に再建した寺だったのだ。

知好が日淳と出会ったこの年は、江戸幕府が開闢《かいびゃく》した翌年である。前田家では二代利長が隠居、徳川家の珠姫を正室に迎えた利常が三代藩主になったばかりだった。千代保も晴れて藩主の生母である。こうした経緯は、知好も母の存から聞いていたにちがいない。

兄の日淳の口添えもあり、千代保は知好を還俗《げんぞく》させて家臣に取り立てるよう、利長と利常に進言した。つまり、知好が武士になれたのは、日淳と千代保の兄妹のおかげ、ということになる。

やはり兄さまに相談してみよう――。

どうしたら幕府から疑いをかけられずにすむか。いかにしたら、利常も知好も、そしてこの加賀前田家も、安泰でいられるか。

千代保は五月に妙成寺へ参詣、日淳に助言を請《こ》うた。

日淳はしばし思案した上で、妹の顔をじっと見つめた。

「寿福院さまとお呼びすべきところなれど……」といって、頬をゆるめる。「千代保。おまえは、よう似ておるの」

千代保は目をしばたたく。父ゆずりの、ということは異母兄のこの兄とも瓜《うり》二つの、くっきりとした目で兄の眸を見返した。

「似てる？　どなたに？」

「継母上《ははうえ》だ」

「いいえ。似ておりませぬ。母上は公家《くげ》の姫さまのように、上品なお顔立ちですもの」

「顔ではない、その気性だ」

「気性……」

「継母上は父上亡きあと、小幡《おばた》家へ再嫁《さいか》された。われら子供たちのためだ。ご自分のことはあとまわしにして、いつもわれらのことばかり案じてくださる。それが母の役目だと信じておられるのだろう」

「でしたらわたくしなど……」

「腹を痛めたお子は殿お一人なれど、前田家の血を引く子や孫、一人一人に目を配り、幸せに暮らしているか、なんぞ困ったことはないかと常に気にかけている。羽の下で

ぼ　よ　ち

ヒナを温める母鳥のように」

たしかに、母鳥なればこそ、前田家のため——徳川へ謀反《むほん》を企てるはずがないことを証するため——に、人質として江戸へおもむく。日淳は知好の近親者からも一人、江戸へ人質を送ってはどうかと提案した。異母兄である知好をさしおいて藩主になった利常は、知好に遠慮があるはずだ。自分から「人質を差し出せ」とは言いにくいだろうが、知好が自ら申し出れば、ふたつ返事でうなずくにちがいない。

「人質を差し出せば、徳川もよけいな詮索はすまい」

「兄さまの仰せのとおりにございますね」

そう返しながらも、千代保は思案顔になった。

「存さまがご存命なれば、一緒に行ってくださったやもしれませぬ。福どのは……辛い思いをされたばかりですし、あまりにお気の毒。そもそも姉では……。かというて、知好どののお子たちはまだ幼うございます」

その前に、徳川への人質など、あの知好が承知しようか。

「わたしから話そう。今が正念場だ。千丈の堤も螻蟻《ろうぎ》の穴を以《もっ》て潰《つい》える。徳川に堤をくずされる前に先手を打ったほうがよい」

「わかりました。よろしゅう頼みます」

それが、五月、妙成寺での出来事だった。

ひと月ほど経った六月の終わり。

「そろそろ出かけませんか。きっともう参っておりますよ」

「さようですね。参りましょう」

三ノ丸の今枝家の屋敷から東ノ丸の御殿へ迎えにきた福にうながされて、千代保は漆塗の乗物へ乗り込んだ。小立野《こだつの》まではさほどの道のりではないが、できれば人目につきたくない。

千代保と福は、小立野の経王寺で知好と会うことになっていた。

小立野の経王寺は、藩主の生母となった千代保が金沢城へ入ったため、城下に建立された日蓮宗の寺である。開山は日淳だが、越前府中の経王寺より日淳の弟子の日護が招かれて住職をつとめていた。

密会のお膳立《ぜんだ》てをしたのは、いうまでもなく、日淳である。城中ではどこに耳目があるか。七尾にいるはずの知好が東ノ丸の千代保を訪ねたと広まれば、どういう話が捏造《ねつぞう》されるか、わかったものではない。

小立野は金沢の南東、白山からつづく尾根の台地で、経王寺は林の中にひっそりとたたずんでいる。門を入ると左右に生垣を見ながら客殿の玄関まで、真っ直ぐに参道がつづいていた。玄関で乗物を下りる。二人は本殿の奥まったところにある居間へ案内された。

知好は、福が予想したとおり、先に来て待っていた。掛け軸の書を眺めているのか、背中を向けている。

「知好どのッ。どう、されたのですか」

人の気配にふりむいた知好の顔を見るなり、福は驚きの声をもらした。千代保も息を呑む。それほど知好は様変わりをしていた。げっそりやつれて目ばかりがぎらつく顔に伸び放題の無精髭《ひげ》、まるで餓死しかけた山賊さながらである。

「どうもしませぬ。この髭？　ああ、これならそれがしとわからぬように……」

「かえって人目を引きますよ」

「姉上はすっかりお元気になられましたね」

姉弟が会うのは昨秋、母の存の葬儀以来だ。

「なにもかも寿福院さまのおかげにございます」

二人はそろって千代保に両手をついた。

「かしこまらずともよい。知好どの。礼を申すはわらわのほうじゃ。皆のために、ようお心を決めてくださった」

　人質の件を知好が承諾したことは、日淳から知らされている。

「して、江戸へはどなたを……」

「その前に……」と、知好はぐいと膝を進めた。ちらりと姉を見る。「それがしはキリシタンではありませぬ。徳川の与力として戦ったのですから、むろん大坂方と内通したなど笑止千万。あらぬ疑いをかけられるは迷惑至極にござる」

「ようわかっております」

「こたびの人質の一件、日淳上人の仰せに従うと決めたは、前田家のためでも殿のためでも、ましてや徳川のためでも断じてありませぬ」

「知好どのッ」

　声を上げかけた福を目で鎮《しず》めて、千代保は先をうながす。

　知好は膝の上でこぶしをにぎりしめた。

「寿福院さまは、亡母のそばに、最期《さいご》まで寄りそうてくださいました。姉のことも、実の娘のごとく、細やかにお気づかいくださった。それがしは寿福院さまをもうひとりの母と思い、それゆえにこそ、母上のご意向に従うことにしたのです」

「知好どの……」

「なにがあろうと、寿福院さまを困らせるようなことはいたしませぬ。寿福院さまのためなら、気に染まぬことも厭《いと》いませぬ。なれど、それがしに二心がないことだけは、それだけは信じていただきたい。そして、許されるときが参りましたら、いつか必ずや、大殿さまとのお約定を……」

大殿さまとは昨年鬼籍に入った先代利長のことだ。知好が還俗して武士になりたいと嘆願したとき、利長は利常に、兄弟として家名を立て、相応の身分を約束するよう命じている。

千代保はうなずいた。

「江戸へ参らば、この身をもって、徳川への忠誠を証する所存じゃ。徳川の疑念さえ消えれば、殿もとやこうは申されまい。そなたに望みどおりのものを授けるよう、説き伏せましょう。約束は必ず果たします。万事、お任せください」

徳川はようやく豊臣という大敵を取り除いた。が、幕府はまだ盤石《ばんじゃく》ではなく、周囲に目を光らせている。一朝、事あらば世の趨勢《すうせい》が変わるかもしれない。まだ安心はできない。

前田家の立場も、いまだ万全とは言いがたかった。若き藩主利常は、二代将軍秀忠の娘、珠姫という嫁がいるからこそなんとか信頼をかちえているが、もともと豊臣の恩顧《おんこ》でありキリシタンにも寛容だった家柄が災いして、なにかといえば疑いの目を向けられる。

今は忍耐のときだ、知好にも隠忍自重してもらうしかない。それが、日淳と千代保の考えである。

「さすれば寿福院さまに、すべてお任せいたしまする」

知好は手を叩いた。

襖が開く。控えの間で、知好と似たような年恰好《かっこう》の武士が平伏していた。

「まあ、民部どの、そなたもおったのですか」

真っ先に声をかけたのは福である。今枝民部（直恒）は知好の家臣でもあるから、金沢城内の今枝家に身を寄せている福とも顔見知りだ。

「人質を江戸へ送り届ける役を、民部に命じました」

知好は合図した。民部はいったん下がり、稚児《ちご》を抱いた女を伴って戻ってきた。ふっくらとした桜色の頰の稚児は生まれて数カ月か、なにも知らずに眠っている。

「この、稚児を江戸へ？」

千代保は目を瞠《みは》った。

「三女の不理にござる。民部と乳母が江戸へ」

「不理……もしや、理にあらず、という意味ですか。知好どの。なにゆえ娘にさような名を……」

福が尖《とが》った声で訊《たず》ねる。

知好は薄く笑った。

「わが意を伝えんがために」

「そなたは娘を、徳川へのあてつけに利用するおつもりか。生まれて間もない稚児ではありませんか」

「姉上。生みの母は別れが辛いと泣きました。それがしとて、人質に差し出す娘が不《ふ》憫《びん》でなりませぬ。が、それでもなお送り出さねばならぬ以上は、この子にも大役を担《にな》わせてやるほうがよい……そう思うたゆえ」

珠姫は三歳で前田家へ送り込まれた。徳川と前田の楔《くさび》役をつとめている。不理も、はるばる江戸へ行かせるなら、それなりの働きをさせたい。稚児の名など些《さ》末《まつ》なことだが、知好は、せめてもその些末なことに滾《たぎ》る思いを託したのだった。

「なんと馬鹿げた……」

「福どの、もうよい。知好どののお気持ちは、わらわもわかちあいましょう」

「寿福院さま……」

「いつか、この子に話してやるときが来るやもしれませぬ。お父上がどれほど追いつめられ、苦悶《くもん》しておられたか。それがわかれば、不理どのも、わが名を誇らしゅう思うにちがいありませぬ」

無邪気な稚児が、自らの名をもって堂々と徳川に物申すのだから。

黙って聞いていた民部が、そこで遠慮がちに口をはさんだ。

「戦は終わりました。ご不満はござろうが、これで世は鎮まりましょう。江戸へ参らば、拙者も、将軍家とご当家との仲が末永く安泰であるよう、精一杯つとめまする」

「民部どのの申されるとおりじゃ。すんだことを嘆いてもしかたがない。前を見て進んでゆかねば。知好どの。ご息女のことは、わらわがしかと後見いたします。母御にも、心配無用とお伝えくだされ」

千代保の言葉に、知好は感極まった顔で平伏する。

不理はそのまま今枝家に預けられ、利常の下知を待って江戸へ出立する手筈になっていた。知好は自ら利常に、人質の一件を言上するという。

「そのむさくるしいなりでお城へ上がってはなりませんよ」

福は姉らしく、知好にこまごまと意見をしている。

「八月にはわれらも出立します。江戸で、お会いしましょうぞ」

千代保は、ひと足先に席を立とうとした民部に声をかけた。乳母のもとへ膝行《しっこう》して、稚児の顔を覗《のぞ》き込む。

「愛らしい寝顔だこと。福どのの赤子のころにそっくり」

存が福を産んだとき、千代保はまだ側室ではなく侍女だった。福の襁褓《むつき》の世話をしたのは千代保である。

民部と乳母は出て行った。

今生の別れになるかもしれない。千代保と福、知好の三人は、なおもしばらくその場に残って、存の思い出など語り合う。

八月、江戸で暮らすようになった千代保は、不理を身近に呼び、実の孫のごとく愛しんだ。が、それも長くはつづかなかった。翌年早々、自らの処遇に不満をつのらせていた知好が、禄《ろく》を辞し、京へ出奔してしまったからだ。

武士を棄てれば人質も不要。不理は金沢へ帰され、豪商のもとで養育されることになった。徳川の手前、前田家は知好とは今後いっさいかかわりがないことを証しなければならない。不理を城内に住まわせることもできない。

父が自分の名にこめた意を知らぬまま、不理は金沢城下で成長した。

三

その日、不理は知好の手を引いて、湖の畔までやって来た。

父の手のひらは湿っている。それに、熱い。

「大丈夫でしょうか。外の風にあたってはならぬと松庵先生が……」

松庵先生とは、金沢の利常から派遣された医師である。晩春のあの日以来、知好の体調はすぐれない。今日は体が軽い、と思えば突然、悪寒におそわれる。歯がガチガチ鳴るほどふるえだして、高熱にうなされる。しかもひんぱんに。

医師の見立ては、風邪ではなく瘧《おこり》だ。

「小松のお城におられたとき、殿もひどく難儀をなされました」

初老の医師がいうには、利常もかつて瘧に悩まされたことがあるらしい。水辺の湿気の多いところには蚊が飛び交っていて、刺されると発病することがあるとやら。

「大事ない。いや、大事があるやもしれぬゆえ、ぐずぐずしてはおれぬのじゃ」

知好は眉をひそめ、じっと湖面を見つめている。

「まことに、京へお戻りになるのでございますか」

「うむ。無念だが、そのほうが気が楽だ。京なら知己《ちき》も多い。勝手もわかる」

知好は京生まれで、幼少期を京で過ごしている。昨年までの五年間は鞍馬山の寺に入っていたが、それ以前は洛中の麩屋町に住んでいたし、出家したのちも家族は同所で暮らしていた。

「養生して、ようなったら、改めて金沢へ行く」

ぼ「はい。お待ちしております」

ひと月ほど共に暮らして、不理は父がどういう人間か、少しずつわかってきたような気がしていた。誇り高い人である。武士というものに並々ならぬ執着があっただけでなく、白なら白、黒なら黒、曖昧《あいまい》なものを嫌う。他人にも自分にも妥協を許さないのは、清々《すがすが》しくある反面、厄介なところもあった。

そんな父だから、病にやつれた姿で金沢へ乗り込む気にはなれないのだろう。それも、ようやく念願が叶って、十余年ぶりに帰参するのだから。

「ご無理は禁物ですよ。舟着場まで行って休みましょう」

不理は心細くなってきた。あたりに人影はない。もしやまた悪寒がおそい、ふるえだしたら、小柄な娘では父を支えきれない。

やはり出かけてきたのは失敗だった。父のいうなりになるのではなかったと後悔しはじめたそのとき、不理はおやと首をかしげた。

知好が自分をじっと見つめている。

「なにか……」

「よこせ」

「え？」

「首にかけているものだ」

不理は身をこわばらせ、思わずあとずさった。

「わたくしは、なにも……」

「隠さずともよい。こちらへよこせ」

知好が手のひらを突き出した。

「福から、もろうたか」

不理は覚悟を決めた。ため息をつきながら、首にかけていたロザリオをはずし、父の手のひらの上におく。肌身につけていたので、よもや気づかれているとは思わなかった。

「福さまは、わたくしが六つのとき天に召されました。幼いころから、ときおりお会いしておりましたが、病が重くなられたときも、おそばへ呼ばれて……」

物心もつかぬときに江戸から帰され、商家で養育されていた不理を福は気にかけ、なにかと話し相手になってくれた。父知好のこと、江戸にいる寿福院のことを最初に教えてくれたのも福だった。

「これは形見にいただきました。命より大切なものだと……」

知好は鎖に下がっているクルスを陽にかざした。

「おそらく、光忠どのから託されたものだろう」

「どなたですか」

「いや。だれでもよい。ただ姉上は……姉上は最期まで想《おも》いを貫かれたのだ」

知好は空咳《からせき》をした。発作か、と不理はどきりとしたが、そうではなかった。知好はふところから巾着《きんちゃく》をとりだした。京で誂《あつら》えたものか、西陣織の小さな袋である。

「まったく同じではないが……」

巾着を開いて逆さにすると、そこから出てきたのは――。

「父上ッ」

不理は目をしばたたく。

こちらのクルスは鎖がなかった。とはいえ、どちらも十字架にはちがいない。知好の手のひらには、大きさこそちがうが、銅製のクルスがふたつ。

「なにも訊くな。なにもいうてはならぬ」

知好は深呼吸をした。

「小石を拾ってこれに入れよ」

不理が巾着に小石を詰めると、知好はふたつのクルスを中におさめた。巾着のひもの端を、手のひらほどの大きさの細長い石に結わえつける。

「よいか。これは父とおまえの秘密だ。世に理不尽は数多《あまた》あろうが、いちいち腹を立てておった己が今となってはもどかしい。理より情、尊いのは変わらぬ心だ」

知好は石に結わえた巾着を、湖面に向かって勢いよく投げた。

小さな波紋を立てただけで、巾着はたちどころに消える。

不理は、父に寄りそい、秘密のかけらを呑み込んでなお静まりかえっている湖面を、言葉もなく見つめていた。

四

寛文三（一六六三）年三月四日から六日にかけての三日間、能登羽咋の妙成寺で、寿福院の三十三回忌がとりおこなわれた。導師は十八世日俊、僧侶《そうりょ》の数は都合八十二名、荘厳《そうごん》な法要の最終日——寿福院の命日——には、加賀前田家の五代藩主綱紀《つなのり》も、金沢から参詣に訪れた。

千代保（寿福院）の息子の三代藩主利常は五年前に、孫の四代藩主光高《みつたか》は父より十三年も前にこの世を去っている。現在の藩主は二十一歳になる綱紀で、千代保の曾孫《ひまご》である。

もちろん、いうまでもないことだが、綱紀は寿福院に会ったことがない。が、幼いころ、父が早世したあと後見をしていた祖父から、この稀有《けう》な女性の思い出話を折にふれ聞かされていた。

法要に参列した人々も、大半は生前の寿福院を知らない。三十年以上前に逝去《せいきょ》していることもあったが、寿福院は晩年の十六年間、江戸屋敷で暮らしていたからだ。一度も金沢へ帰ることなく、彼の地で亡くなっている。それゆえにこそ、金沢では、かなたより加賀前田家を見守る月光菩薩《ぼさつ》にたとえる者さえいた。

専も、その一人だ。

「うらやましゅうございます。寿福院さまのおそばにいらしたことがおありだなんて」

法要のあいまに広大な敷地内をそぞろ歩きながら、専は、となりを歩く尼姿の女に話しかけた。夫を亡くして尼になったこの女性は専の姉で、貝という。

緊張して座ってばかりいたので、いささか疲れた。こっそり抜けだして外の空気を吸いましょうと誘ったのは専である。以心伝心で、貝も待ってましたとばかり腰を上げた。姉妹ならではの気安さである。

もっとも、姉妹といっても、二人はどちらも四十代の後半で若くはない。

「ずいぶん昔のことですよ。わたくしが左呉姉さまと江戸へ招かれたのは、十二のときでしたもの。あのときは父上が、ぜひともゆくように、と仰せられて……」

「わたしも行きたいと申し上げたのです。でもまだ小さいからだめだと……」

「あら、わたくしたちこそ、あなたがうらやましくてなりませんでした。父上とご一緒に金沢へゆくというのですもの。どんなに寿福院さまがすばらしい女性だと聞かされても、はるかな江戸で会うたこともないお人と暮らすより、家族皆で暮らすほうがどんなによいか。あのときはそう思うだけで足が重く……」

「父上は、結局、ご一緒できませんでした」

「ええ。亡《の》うなられたと聞いたときは驚きました。江戸にいたばかりに、わたくしたちは死に目にも会えず……」

二人はひっそりとした木立をぬけて三十番神堂へ出る。寿福院の墓所や五重塔のあたりは人影がちらほら見えたので、あえて本殿の裏手をまわってきた。

三十番神堂は、大坂の陣で初陣を飾る息子のために、寿福院が建立した御堂である。この合戦には、二人の父の修理知好も出陣していた。

「驚いたのはわたしたちも同じです。今津までいらしたのに、突然、京へ戻っていらして……。帰り着いたときは、もう手のほどこしようがなく……」

「今津では、不理姉さまが看病なさったのでしたね」

「ええ。そのときのことは、金沢へ移ったあと、詳しゅうお聞きしました。父上は金沢へ帰ってお家を再興することを、それはそれは楽しみにしていらしたそうで……。あと少しで夢が叶うはずだったのに、なにゆえ瘧になど……」

「寿福院さまも、同じことを仰せでした。これだけ待ちつづけて、なぜ今少し待ってくださらなんだか、天が恨めしい、と」

めったに動揺しない千代保が、このときはさめざめと泣いたという。

「寿福院さまのあんなお顔を拝見したのは、あのときと、お亡くなりになる前年だったかしら、亀鶴姫さまがご逝去されたときだけ。亀鶴姫さまはまだ十八でいらしたでしょ、寿福院さまは、なぜご自分の命を代わりに奪うてくださらなんだのかと……」

遠い日の悲しい光景を思い出したのか、貝はそっと袖《そで》で涙をぬぐった。

「わたしも悲しいことがありました。父上が亡うなられたときはまだ童女でしたが、不理姉さまがお胸を病んで果てられたときは……」

「あなたが看病してさしあげたのですね」

「ええ。金沢へ来てから、なにもかも面倒をみていただきました」

「わたくしは一度も会うたことがないのですよ、不理姉さまに」

　貝はそっとため息をつく。

「さようでしたね。姉さまが江戸へいらしたとき、不理姉さまは人質を解かれてもう金沢へ戻っていらした。姉さまが金沢へ戻っていらしたときは……あれは一昨年、いえもう一年前でしたかしら……そのときはもう、不理姉さまは亡うなられて……」

　それをいうなら、専は姉の左呉の顔を思い出せない。貝と二人、江戸へ行ってしまうまでは、京で一緒に暮らしていたはずなのに。

　左呉は、寿福院が死去する前の年、亀鶴姫と相前後して病死してしまった。寿福院が死去したあと、貝は安芸浅野家の家老の家へ嫁ぎ、夫に先立たれて金沢へ帰るまで、広島で暮らしていた。

「血のつながった姉妹なのに、皆、てんでばらばら」

「ほんにね、生まれて死ぬまで、顔さえ知らぬままの姉妹もめずらしゅうありませぬ。

女子は男子とちごうて、ひとところにはいられぬ宿命《さだめ》ですから」

知好には、女子だけでなく男子もいる。三男は早世してしまったが、長男と次男は健在だった。長男は母の実家の大音家を継ぎ、次男は父の前田修理家を継承して、二人とも重臣の地位を確立していた。

父の夢は叶わなかったけれど――と、専はときおり自らを慰める。父の血脈は立派に受け継がれた。父はきっと、黄泉《よみ》で安堵《あんど》の息をついているはずだ、と。

二人は三十番神堂から、寿福院の墓所のほうへ歩きはじめた。さっきまで見えていた人影も、今はもうない。せっかくここまで来て、寿福院の墓所に立ち寄らぬことなど、端《はな》から考えられなかった。羽咋にいれば日に何度も香をたむける。それは二人とも同じで、言葉にするまでもない。

「左呉姉さま、不理姉さま、岩姉さまの三人は亡うなられて、藤田家に嫁がれたいちばん上の姉さまでしょ、あとは姉さまとわたしと妹と……」

歩きながら、専は指を折って数える。

「わたくしたちはにぎやかでしたね。京にいたころなど、毎日がお祭りのように騒々しくて……。母上が手を焼いておられました」

「父上は、子は多いほうがよい、などと仰せになっていましたが、うるさくなったか、鞍馬山のお寺へ逃げ出してしまいました」

「父上ご自身は、姉さまとお二人だけでしたものね」

「そう、福さまッ。お会いすることは叶いませんでしたが、わたしは不理姉さまから、よう福さまのお話をうかがいました」

「わたくしも、寿福院さまからうかがいました。そなたのたった一人の伯母上は福さま、やさしく愛らしいお人なれど、芯が強く、真っ直ぐな気性で、生涯、信じたものを守り通したそうです。なんのことか、それ以上は話してくださいませんでしたが」

「でしたらきっと、不理姉さまとよう似ておられたのでしょう。不理姉さまも、なんといえばよいのか……胸の奥に、ひっそりと、深く重く、なにかを秘めておられたように見えました」

二人は、木立にかこまれた、小高い一画に出た。ここに寿福院の墓と、少し離れて浩妙院《こうみょういん》(亀鶴姫)の墓が建立されている。いずれも死去したのは江戸だが、妙成寺に並んで墓を建立するのは寿福院千代保の悲願だった。寿福院の墓には、江戸から運んできた遺骨がおさめられている。

寿福院の墓は笠塔婆《かさとうば》で、専や貝の肩ほどの高さまで積み上げられた石の上に鎮座していた。二人はそろって合掌する。

「寿福院さま、福さま、不理姉さま……」

「ええ。お顔を知らなくても、いつも三人がおそばにいてくださる……わたし、そんな気がするのです」

「それはね、つながっているのですよ。なにかがきっと、時を超えて」

本堂から誦経《ずきょう》の声が流れてきた。

「あら、大変」

「急いで戻らなくては」

口ではいったものの、専と貝はあわてるふうもなく、それぞれの思いに耽《ふけ》りながら寿福院の墓を見つめている。

妙成寺

一

「長右衛門、どうだ、問題はないか。勘太、おまえのほうは？　よしッ、もうひと息だな。おーい、みんな、休んでくれーッ」

鋸《のこぎり》や鉋《かんな》をつかう者、木材や瓦《かわら》を運ぶ者、石組の上で図面を広げている者、泥土をこねる者……忙《せわ》しげに働いている男たちに声をかけてまわったところで、善右衛門《ぜんえもん》は独り、喧噪《けんそう》から離れた。境内を歩きながら、雲ひとつない青空を仰ぎ見て深呼吸をする。

とうとう、ここまできた。あと少しだ――。

そう。これまで脇目《わきめ》もふらずに働いてきた。若くして棟梁《とうりょう》となり、次々に諸堂の建立《こんりゅう》を成し遂げ、四十半ばにして「建仁寺流壺曲尺《かねじゃく》一道之家」の名声を恣《ほしいまま》にして、加賀前田家から百石の知行をいただく身となった。が、そうしたことのすべては、この御堂を建てる日のためにあったような気がする。

しかもこれは、善右衛門一人の悲願ではなかった。祖父、父、自分……大工集団・

坂上一族の秘伝の技をうけつぐ三代の思いの結集ともいえる。

善右衛門はこの二年ほど、ここ能登国羽咋《はくい》、滝谷村にある妙成寺《みょうじょうじ》の堂宇の造営に専心していた。妙成寺は日蓮宗の古刹《こさつ》で、加賀前田家三代藩主利常《としつね》の生母、寿福院《じゅふくいん》の菩提寺《ぼだいじ》である。本堂をはじめ三十番神堂、五重塔、鐘楼など、寿福院の発願で主だった堂宇を建立したのは、善右衛門の亡父の坂上又三郎嘉継だ。

今、善右衛門が手掛けているのは、書院とその奥に併設される御霊堂《みたまどう》である。

このたびの発願者はもちろん、寿福院ではない。寿福院は三十年も前にこの世を去っている。当寺に墓所があり、遺骨が納められてはいるものの、死去したのは江戸で、それまでの十六年間は江戸屋敷で暮らしていた。

一昨年の十月に、三代藩主利常が永眠した。四代光高《みつたか》も父に先だって死去していたので、現在は孫の綱紀《つなのり》の治世である。この機にあたって前田家代々の御霊堂を……との、妙成寺十七世日伝《にちでん》の発願に、五代藩主綱紀は一も二もなく賛同した。

そこで招聘《しょうへい》されたのが、山上善右衛門嘉広だ。天恵のごとき呼び出しにふたつ返事で飛びついた善右衛門は、やりかけの仕事のことごとくを門弟に託して妙成寺へ駆けつけた。郷里である越前北ノ庄に在住している坂上一族や、坂上家と始祖を同じくする京の坂田一族などから熟練の大工、さらに彫師、鏨師《たがねし》、漆職人……卓越した人材を招き、連日、渾身《こんしん》の普請《ふしん》がつづいている。

妙成寺は善右衛門にとって、特別な寺だった。これまでも坂上家に伝わる秘伝の技を駆使し、見事な寺社を数多《あまた》、完成させてきた。名声を得てもなお満足できなかった理由は、なんとしてもわが手で妙成寺の堂宇を……と、ひそかに祈りつづけてきたからだ。

「父さん、祖父さまも、見てくれ。おれの堂宇が、いよいよここに並び建つんだ」

石段を上がり、本殿前の広々とした境内をつっきって、善右衛門は寿福院の墓へつづく坂を大股《おおまた》で上りきった。自分が今あるのは、寿福院さまのおかげに他ならない。亡父が常々、口にしていたその言葉が、今はそっくり善右衛門自身の感慨になっている。

寿福院の墓は、積み上げられた石の上で早春の柔らかな陽射《ひざ》しを浴び、まるで後光を放っているように見えた。笠塔婆《かさとうば》に手を合わせていると、毎度のことではあったが、善右衛門の胸の奥から熱いものがこみあげてくる。生涯に一度あるかなきかの幸運な機会を得た喜びと、なればこそ、成し遂げてみせるぞと大声で叫びたいほどの気力がみなぎっていた。

歴代の貫首《かんじゅ》の墓と浩妙院《こうみょういん》の墓にも合掌して、善右衛門はその足で五重塔へ歩を進めた。

五重塔は、寿福院にとって、とりわけ思い入れのある堂宇だったと聞いている。人質として江戸へ発《た》つ間際《まぎわ》に発願したために、本堂や三十番神堂とちがって、寿福院本人は完成した姿を見ていない。父から直接聞いたわけではなかったが、さぞや無念だったにちがいない。寿福院も、命あるうちに金沢への帰国が叶《かな》っていたら——つまりそれは、徳川幕府が盤石となって人質が不要となるか、人質が交替になった場合だが——真っ先に参拝したはずである。

物思いにふけっていたので、はじめは気づかなかった。五重塔の手前まできて、善右衛門ははっと足を止めた。

女が塔を見上げていた。それも二人。色違いの鹿の子紋の被衣《かつぎ》は、身分のある女人《にょにん》、それも仲睦《むつ》まじい様子から姉妹か母娘のようだ。

善右衛門は思わずあたりを見まわした。従者がいるのではないかと思ったのだが、二人の他に人影はなかった。塔に見惚《みと》れている女たちのじゃまをするのも無粋と思い、左手へ折れて寺門へつづく階段を下りることにした。またあとで来ればよい。

ところが体の向きを変えたとたん、「もし……」と女に呼び止められた。

「そなたは作事方の一人ですか」

訊《たず》ねたのは年長の女だ。被衣をかぶっているので髪型はわからないが、凛《りん》としたまなざしが印象的な女で、年齢は少なくとも四十半ばをすぎているように見える。今一人はまだ二十歳前といった娘だから、やはり母娘かもしれない。

「へい。棟梁の山上善右衛門にございます」

善右衛門はていねいに腰を折って挨拶《あいさつ》をした。

女はおやというように首をかしげ、眉《まゆ》をよせた。なにかを思い出そうとしているのか。善右衛門は「ごゆっくり」といって、再び歩きだそうとした。

よく考えれば「ごゆっくり」というのはおかしい。なぜなら今は普請中で、妙成寺の参詣《さんけい》は全面的に禁止されている。それでも自然にその言葉が出てきたのは、女たちがいかにも由緒《ゆいしょ》ありげに見えたからだ。おそらく前田家の重臣の妻子で、特別に参詣を許されたのだろう。寺門には門番がいるから、いずれにしても許可を得ているのはまちがいない。

「お待ちなさい」

女はまたもや引き止めた。

「この五重塔にはひとかたならぬ思い入れがあります。そなたは棟梁といいましたが、もしや、五重塔の棟梁をご存じではありませんか」

「へい。むろん。手前の父親、坂上又三郎でございます」

善右衛門は小鼻をふくらませた。訊《き》かれてこれほど誇らしいことはない。

「御方さまは、父の、お知り合いで？」

女は目をしばたたいた。

「え、ええ。存じて、おります。では、そなたが又三郎どのの……」

親しげな笑みを浮かべながらも、女はまだ納得がゆかぬ様子だ。

「今、山上と……」

「ああ。そのことでしたら、父は祖父の実子ではありません。祖父が亡《の》うなったとき、養嗣子がまだ幼かったため、父が秘伝の技を授かり、坂上の家督を継ぎました。ですが手前の代にお返しすることに……。手前は山上家へ婿《むこ》養子に入りました」

そもそも山上も、坂上家と始祖を同じくする血統だった。始祖とは栄西《えいさい》と共に宋の国へ渡って禅宗建築の様式を学び、差図《さしず》・壺曲尺の相伝を授かって帰国、建仁寺を建立した横山権頭吉春で、「横山」と「坂上」から一字ずつとって「山上」という苗字《みょうじ》を立てたと聞いている。山上家は加賀前田家の御大工をつとめていた。

「さようでしたか。さすればそなたは、苗字こそ変わったものの、ご立派にお父上の跡を継がれたわけですね」

「立派かどうかは……御方さまご自身の御目でご覧いただきたく……」

亡父の知り合いなら、ぜひとも自分の堂宇も見てほしい。

「さようでした。書院を建立しているのでしたね。それと……御霊堂を」

それまで黙って二人のやりとりに耳をかたむけていた娘が、そこではじめて口を開いた。

「いつ、できるのでございますか」

善右衛門は娘のほうへ目を向ける。

白芙蓉《しろふよう》を想《おも》わせる娘だった。でなければ、仄暗《ほのぐら》い木の根元の名残り雪のような……。清廉《せいれん》で儚《はかな》げな風情《ふぜい》に、善右衛門の胸が一瞬、高鳴る。

「天候にもよりますが、あと十日もあればおそらく。貫首さまにはなんとしてもご覧いただかねばなりませんし、となれば、ぐずぐずしているわけには……」

「さようでした。貫首さまは身延《みのぶ》の久遠寺《くおんじ》へいらっしゃるのでしたね」

「へい。四月中にはお移りあそばすそうで」

「身延は総本山。あちらにも五重塔があります。めでたきことじゃ」

女はうっとりと目を細めた。

日伝上人の話が出たところで、善右衛門は為《な》すべきことを思い出した。油を売ってはいられない。書院の方角から槌音《つちおと》が聞こえている。

今度こそ、挨拶をして背を向けた。そういえば名を聞かなかったと気づいたのは、一歩足をふみだしたときだ。女人に名を訊ねるのは不躾《ぶしつけ》かもしれないが、亡父を知っているなら、素性を知りたい。

「あのう、不躾にはございますが……」

ふりむいた。が、二人の姿はなかった。

今の今まで話していたのだ。消えるはずがない。善右衛門はいぶかしげな顔になって、五重塔の周囲をまわってみた。中へも入ってみたものの、人影はない。

そうだ。門番に訊いてみよう。でなければ庫裏《くり》のだれかに——。

どうにも気になってしかたがなかった。となると、そのままにはしておけない。普請場へ戻らなければと気は急《せ》いていたが、石段を駆けて下りていた。

「女人がお二人……はてさて、さようなお人は見ておりませんが……」

門番も庫裏にいた者たちも一様に首をかしげた。

善右衛門は普請場へ戻った。が、気がかりを払拭《ふっしょく》することはできなかった。その日の作事が終わるのを待って、貫首の日伝上人に面会を求める。

「ふむ。女人がおふた方……」

「詮索《せんさく》をいたすつもりは毛頭ございません。ただ、手前の父のことをご存知だと仰《おお》せでしたので、今少し、お話をうかごうておけばよかったと……」

善右衛門から仔細《しさい》を聞いた日伝は、知恵の塊のような眸《ひとみ》をきらめかせた。薄いくちびるの両端が、まるで自らの思いつきがうれしくてならぬとでもいうように持ち上がっている。

「棟梁が会うたは、寿福院さまにござろう」

善右衛門は絶句した。

「まちがいない。寿福院さまと浩妙院さまが連れだって参詣においでたのであろうよ」

「じょ、冗談はおやめください。寿福院さまは大昔に亡うなられました。浩妙院さまにしたってたしか同じ頃に……」

浩妙院とは亀鶴姫《かめつるひめ》、三代藩主利常の長女だから、寿福院にとっては孫である。生母を亡くした亀鶴姫は江戸へおもむき、かたちの上ではあったが徳川秀忠の養女となった。寿福院は母代わりとして慈愛のかぎりをそそいでいたが、亀鶴姫は十八という若さで病死。愛《いと》しい孫娘の早すぎる死は、気丈な寿福院を完膚なきまでに打ちのめしたとみえ、寿福院も半年余りで後を追うように彼岸へと旅立ってしまった。

ふたつの笠塔婆を日々目にしているので、善右衛門も二人の身の上なら大略聞き及んでいる。

さっき出会った二人は、たしかに高位の女性《にょしょう》に見えたが――。

「貫首さま。ご無礼を承知で申しますが、手前を驚かせようったって、そうはいきませんぜ。真昼間から幽霊なんぞ……」

「いやいや。日條《にちじょう》上人さまも、さような話をしておられた」

日條上人は妙成寺貫首十五世で、日伝は日條の弟子だった。十六世日豪《にちごう》が早々に死去してしまったので、日伝は日條から直々に後事を託され、退任後の日條とも親しく行き来をしていたという。

妙成寺が寿福院の菩提寺となって久しい。寿福院が江戸へ発つころは、寿福院の兄の日淳《にちじゅん》が貫首だった。が、翌年には入寂《にゅうじゃく》。次なる貫首、日條は寿福院の甥《おい》で、日豪は寿福院の養子である。

「そりゃまあ、寿福院さまが、彼岸でも妙成寺をお気にかけておられるのは当然でしょうがね……」

だとしても、面と向かって語り合ったあの二人がこの世の人ではないなどと、いったいだれが信じよう。

「日條上人さまも、寿福院さまに会われたのでございますか」

「いや、寿福院さまに会うたのは、上人さまではない、棟梁のお父上じゃ」

「なんとッ」

「そのときは、生霊であられたそうでの」

「い、い、生霊ッ」

「さよう。五重塔の建立が思うようにゆかず、とどこおっていたときのことだそうな。各層は三枝落ちの垂木《たるき》、四天柱《してんばしら》の漆塗金箔《きんぱく》押しやら須弥壇《しゅみだん》の彫刻やら……拙僧には難解至極だが、あれこそ粋を集めた当代一の堂宇。夜更《よふ》けまで悩んでおったときに、寿福院さまが顕《あらわ》れ、励ましてくださったそうでの。当時、寿福院さまは江戸屋敷におられた。人質であられたゆえ、それはまちがいない」

善右衛門は笑おうとした。が、かすれた声しか出てこなかった。

「父は、夢をみたのではありませんか。手前も、どうにも行き詰って悩んでいるときは夜も眠れず、夢と現《うつつ》の区別ものうなることが……」

「はじめはお父上もさように思われたそうだ。が、寿福院さまでのうてはご存知なきことをお話しくださったそうでの、あとになって調べてみると、すべてがぴたりと一致した。それゆえ仰天して、日條上人さまに相談にみえたわけじゃ」

「江戸の寿福院さまに問い合わせるべきか否《いな》か」

むろん、問い合わせれば事の真偽はわかる。けれど、もしそれが真実で、自分の知らぬ間に霊魂が体から抜けだして妙成寺へおもむき、善右衛門の父に思い出話をした……などと明らかになれば、寿福院は驚愕《きょうがく》し、心中穏やかでいられなくなるにちがいない。

「よけいなご負担をおかけすべきではないと、日條上人さまは諭されたそうじゃ。胸に秘しておくにしかず、と」

「手前には、なにがなにやら……しかし、さようなことがあったとはひとことも……父はなにゆえ、手前に話してくださらなんだのでしょうか」

「それは、加賀前田家藩主のご生母さまにとっては……いや、人の耳をはばかるようなことではなかろうが、そうだとしても……お一人の胸にしまっておきたい秘め事がかかわっておったゆえではないかの」

「秘め事……」

「寿福院さまと、棟梁、お手前の祖父どののことだ。詳しゅうは知らぬが」

「祖父……祖父と寿福院さま……」

「相談……」

善右衛門の祖父は、寿福院の招聘で金沢の小立野《こだつの》に経王寺《きょうおうじ》を建立している。あいだをとりもったのは寿福院の兄の日淳だそうで、そのことは広く知られていた。しかもこの作事には、若き日の善右衛門の父も加わっている。

祖父は竣工《しゅんこう》ほどなく病死した。まだ四十代だった。

つまり、祖父と寿福院が知己であったことはまちがいない。だとしても、善右衛門の祖父にとって、寿福院は雲上の人であったはずだ。私的な交流があったとは思えない。

けげんな顔をしている善右衛門の目を、日伝はじっと見つめた。

「ひとつだけ、たしかなことを教えよう。寿福院さまが……寿福院さまの生霊が、当寺の五重塔の普請場、棟梁のお父上のもとへ御姿を顕されたのは、元和三年八月十一日だったそうじゃ」

「八月十……あッ」

善右衛門は息を呑《の》んだ。

八月十一日は、祖父の命日である。

二

天正十一（一五八三）年も終わろうとしている。

加賀国金沢城は、城下ともどもごったがえしていた。

本能寺の変で織田信長が明智光秀に討ち果たされたのは前年である。光秀はあっけなく弔い合戦で成敗されたが、今度は織田家臣団の中で覇権争いがはじまった。この年の四月には、羽柴秀吉が賤《しず》ケ岳《たけ》の戦で柴田勝家を討ち、実権をにぎっている。

前田利家も秀吉軍に加わって戦功を立てたため、北加賀の二郡を加増され、金沢城主に任じられた。能登国七尾から金沢へ移り住み、佐久間盛政《もりまさ》の居城であった金沢城は、年明け早々から大幅に再築されることになっていた。そんなわけで、普請に携わる人々が各地から集まってきたことも、喧噪の一因になっている。

あわただしい最中、千代保《ちよぼ》も落ちつかない日々を送っていた。千代保は利家の正室まつの侍女で、この年、十四歳になる。

「千代保どの。心配事がおありなら、奥方さまに申し上げてみてはどうですか」

同じく侍女として仕える存《あり》が案ずるのも道理で、このところ千代保は心ここにあらず、機転の利《き》く娘にはめずらしく粗相をすることがままあった。

千代保は吐息をもらした。

「戦で身内を亡《な》くしたお人が大勢おられるのです。よけいなことは申せませぬ」

「もしや、兄上のことではありませんか」

「ええ。いまだ消息がわからぬのです。でもよけいな詮索をして、もしや敵方に加担していたとしたら……」

「だとしても、だれもわるくは思いませんよ。前田家にはね、柴田さまを目の敵にする者はおりませぬ。むしろ、だれもがお気の毒だと……。ここには北ノ庄から流れてきた者たちも大勢いますし」

存のいうとおりだった。利家にとって柴田勝家は恩顧でもあり旧《ふる》いなじみでもあったから、秀吉方につくか勝家に身方をするか、利家は苦しい選択を迫られた。最終的には秀吉について勝利をおさめたものの、そのことでは負い目を感じているようだ。降参した柴田家の家臣を、前田家では手厚く迎えていた。

千代保は、かつて織田軍に攻め滅ぼされた朝倉家の家臣、上木《うわき》新兵衛《しんべえ》の娘である。朝倉家の居城があった一乗谷《いちじょうだに》が敗戦で焼きはらわれた際、千代保の異母兄である上木家の息子は、菩提寺だった経王寺の伝手《つて》で、いったん京の妙顕寺《みょうけんじ》へ身をひそめた。修行を積んで日淳となった兄は、その後、朝倉残党が移り住んでいた越前北ノ庄へおもむいて、ささやかながらも経王寺を再興した。そのころ越前府中にほど近い高木村で畑仕事をしていた上木新兵衛は、いつの日か、日淳が府中で日蓮宗の寺を建立してくれることを心待ちにしていたものだ。

　歳月は流れた。新兵衛の死をきっかけに上木家の家族は各々《おのおの》の道を歩むことになり、千代保は自ら志願して前田家の奥御殿へ仕えた。以来、前田家に従って越前府中城から能登の七尾城、そして今また加賀の金沢城へ。この間、兄の日淳とも連絡はとりあっていたが、再会する機会はまだなかった。しかも、四月の賤ケ岳の合戦以降、消息がぱたりと途絶えている。北ノ庄城は焼け落ち、城下も焼きはらわれたと聞くから、経王寺も焼失してしまったにちがいない。

　兄さまはご無事か――。

　朝倉の旧臣を重用し、経王寺の再興も許した柴田勝家に、兄は心をよせているようだった。だからこそ、千代保は兄の安否が気になっている。

「あら、そういえば……」

　存は話題を変えた。

「今朝、わたくしの部屋子が、千代保どののことをたずねられたそうですよ」

たずねたのは木材を鋸で挽《ひ》き切っていた大工だという。侍女は用事を頼まれ、近道をして普請場のそばを通りかかったとき、呼び止められた。千代保という侍女を知らないかと訊かれ、知っていると答えると、どこへ行けば会えるかと若者は重ねて訊いてきた。

「どなたでしょう。名はなんと？」

「それが、聞きそびれてしまったそうです。人が大勢いて忙しそうで、だれかに呼びつけられたのか、あわてて駆けていってしまったそうで……」

千代保には思い当たる者はいない。

「大工に知り合いはおりませぬ」

「人手が足りなくて、あちこちから人をかきあつめているそうですから」

「では府中か七尾にいたころのだれかが、普請の手伝いに参っているのやもしれませんね」

どこへいっても普請があった。途切れることなく槌の音が聞こえていた。あるいは、高木村の縁者かもしれない。でなければ、だれか知人の兄弟や息子が大工として駆り出されたということも……。金沢城はとりわけ大規模な普請になるはずだった。利家は検地をもとに、一円の村々から各家五日ずつ普請人足を調達する触れを出しているので、普請場のにぎわいは日々増すばかりだ。

気にはなったものの、名がわからぬのでは捜しようがなかった。

「千代保どのがここにいることはわかったのです。そのうち訪ねて参りますよ」

存にいわれて、千代保はうなずく。


坂上新左衛門と名乗る大工が奥御殿にいる千代保を訪ねてきたのは、それから数日後の年明け早々だった。

さすがに三が日は槌音も鎮《しず》まっている。石材や木材を運ぶ作業も中断となり、大工にも千代保を訪ね歩く余裕ができたのだろう。

「面会所で待たせているそうです」

聞き覚えのない名に首をかしげながら、千代保は本丸の鉄門のかたわらに設けられた面会所へ急いだ。奥御殿は本丸の奥まった一角にある。随所で普請がはじまるため、本丸内にも資材や道具類の山が築かれていた。とはいえ、人の出入りには厳しい。

「ふたつ目の小座敷だぞ。まちがえるな」

「お手間をとらせました」

番兵に礼をいって小座敷へ入ると、男が平伏した。たかが侍女、それもまだ小娘ではあっても、大名の正室に仕える身はあなどれないのか、緊張しているのがわかる。

「お顔を上げてください。堅苦しい挨拶も不要です」

千代保の持ち前の明るい声にうながされて、男は顔を上げた。

二十代の半ばといったところか。強い眼光を放つ双眸《そうぼう》とひきしまった口元は若者の一途さを感じさせるものの、浅黒い顔に貼《は》りついた生真面目《きまじめ》な表情は、若者というには老成して見える。大工だとあらかじめ聞いていなくても、ひと目で推測がついた。敏捷《びんしょう》そうな体つきにもかかわらず二の腕が太く、ごつごつといびつな手指は肉刺《まめ》だらけだ。

「坂上新左衛門どのと申されましたね。どこかでお会いしましたか」

「い、いいえ」と、新左衛門はうわずった声で応《こた》えた。

「なれば、なにゆえわたくしの名を？」

「話をうかごうておりました。日淳さまから」

千代保は「あッ」と声をもらした。

「北ノ庄からいらしたのですねッ」

そういえば、越前北ノ庄には、坂上一族という優れた技能を有する大工集団が住み着いていると聞いたことがある。柴田勝家の北ノ庄城の築城にも当然ながら加わっていたが、この城は織田信長の安土城に勝るとも劣らぬ荘厳《そうごん》さを誇っていたとか。とりわけ七層とも九層ともいわれる見事な天守閣は、前田家の家中でも話題になっていた。

「兄さまは……兄は無事ですか」

「息災にございます。が、一時は危うい目に……」

　賤ケ岳で敗戦した際、多くの家来が逃亡してしまい、柴田勝家と共に北ノ庄城で籠《ろう》城《じょう》したのはわずか二百ほどの兵だった。城下の人々も大半は焼きはらわれる前に逃げだしていたが、日淳は寺に残り、病や負傷で動けない人々に寺を開放し、看病にあたっていたという。

「わが坂上一族は横山権頭の末裔《まつえい》にて、京にも親族がおります。朝倉の旧臣を頼って京から北ノ庄へいらした日淳さまは、わが坂上のこともようご存知で……。柴田さまのお許しを得て経王寺を建立する際は、手前が父と共に作事をうけたまわりましてございます」

　財力がないから、立派な堂宇は建立できない。が、坂上家の者たちは日淳の人柄を敬愛していたので、材料をかきあつめ技を駆使し、精魂こめて小寺を建てた。

「経王寺が焼きはらわれたと知ったときは、北ノ庄城の天守が焼け落ちたときに負けず劣らず、悲しゅうて、悔しゅうて……」

「それで、兄さまは今、いずこに？」

「わが里に身を寄せておられます。いずれは一乗谷、さもなくば越前府中へ出て、日蓮聖人《しょうにん》の教えを広めたいと仰せで……」

上木家は熱心な日蓮宗徒だった。日淳は、数多の迫害に遭いながらも諸国を布教してまわった日蓮聖人に深く帰依《きえ》し、自分もそうありたいと願っているのだろう。

「兄さまはわたくしが金沢にいることをご存知なのですね」

「前田さまが七尾から金沢へ転封となられ、新たな城を築くことになったゆえ、当坂上家からも人を出すように……と、さようにお触れがありました」

粋を集めた北ノ庄城が灰燼《かいじん》と化したばかりだ。金沢へは行かぬという者たちの多い中、新左衛門は自ら志願してやってきた。

「手前は、なんとしても、北ノ庄城に負けぬ天守を建てとうございます。それこそ、坂上の名を世に知らしめる好機かと。坂上の秘伝の技も授かっておりますゆえ」

千代保は新左衛門の顔に見惚れた。最初に見たときの老成した表情はもう微塵《みじん》もない。闘志を滾《たぎ》らせた若者の顔である。

「わたくしは兄さまのお顔を覚えていないのですよ。一乗谷にいたころは、まだ物心もつかぬ童女でしたから。でも、あなたのお話をうかがっていると、兄さまに会うているような気がいたします」

新左衛門は照れくさそうに目をしばたたいた。

「手前と日淳さまでは、天と地ほどもちがいます。日淳さまは、それは素晴らしいお人にて……」

「わたくしも兄さまにお会いしたい」

「日淳さまは仰せでした。姉妹のなかであいつほど頼もしい者はいない、女子ながら、その勇気と思いやりは男子の比にあらずと……」

「まあ、兄さまったら、幼いころのわたくししか知らぬのに買いかぶりを」

「前田家の家中の動向や噂《うわさ》は北ノ庄でも流れていました。日淳さまは案じてもおられ、妹は旧朝倉家の者で頼る家がない。さぞや辛《つら》いことも、寂しいこともあろう。金沢へ行ったら、ぜひとも会うて、陰ながら自分がついていること、日々祈っていることを伝えてほしい……と」

「兄さま……」

千代保は小《こ》袖《そで》の袖口を目にあて、こみあげてきた涙をおさえた。

「ありがとうございます。新左衛門さま。故郷へ便りをする機がありましたら、兄に、わたくしがどんなにうれしゅう、心強く思うているか、お伝えください」

「むろんです。お元気だと、すぐに知らせます」

千代保と会って安堵《あんど》したのか、新左衛門は白い歯をのぞかせる。席を立とうとするのを見て、千代保はあわてて呼び止めた。

「新左衛門さまにお会いするには、どこへ参ればよいのでしょう。その……兄のことなど、またうかがいたく……」

面会所でたびたび会っていれば、人の噂になりかねない。

新左衛門は思案顔になった。

「天守の築造がはじまるまでは、百間堀の作事場におります。作事小屋の与兵衛と申す者に、北ノ庄にいたお人の消息をたずねたい……とでも使いをよこしていただければ、いずこなりと参上いたしますが……」

「では、峯蔵《みねぞう》という者を迎えに行かせます。長屋住まいの老僕で、ご夫婦とも親しゅうしておりますから、快う頼みを聞いてくれるはずです」

再会を約して、千代保と新左衛門はそれぞれの持ち場へ戻った。

兄さまは北ノ庄で、どんな暮らしをしていらしたのか。経王寺を建立するまでにはどのようないきさつがあったのだろう。戦の最中、どうやって城下の人々を助け、自らも逃げおおすことができたのか——。

兄のことを知りたい、そのために新左衛門と再会の約束をした。それは事実だったが、千代保が知りたいのはそれだけではなかった。

新左衛門のことを、もっと知りたい——。

経王寺や北ノ庄城が焼け落ちた話では、心底悔しそうだった。金沢城の天守を築造する話には目を輝かせていた。秘伝の技を授かったといったが、新左衛門は坂上家の名に懸けて、当代一の天守を築こうとしている……。千代保にはそのことが眩《まばゆ》く見え、羨《うらや》ましくも思えた。ひとつのことに向かって邁進《まいしん》しようとしている人の顔は美しい。

一日も早く新左衛門に会いたかったが、戦勝にわく前田家は、城替えをしたあとでもあり、三が日が過ぎたとたん、あわただしい日々が戻ってきた。奥御殿への来客もひっきりなしで、新左衛門を呼び出す機が見つけられない。

峯蔵夫婦の長屋で二人が再会したのは一月の下旬だった。新左衛門は日淳から千代保宛《あ》てにとどいたばかりだという文を持参していた。そこには、千代保がつつがなく勤めを果たしていることを喜び、日蓮聖人の教えを守って日々精進するように、と記されていた。

「いつかきっと、日淳さまのために堂宇を建てるつもりです。五重塔も……」

「天守と五重塔……高々とそびえる塔を造る秘伝の技を授かっているのですか」

「秘伝の技はともあれ、手前は北ノ庄城の天守を築造する際、しかと学ばせていただきました。安土城の天守を建てる際も、坂上から大工が駆り出されたのですよ。手前も行きたかったのですが思うにまかせず……。安土城の天主は荘厳の極みだったそうで……せめてひと目、見とうございました」

本能寺の変で織田信長が討たれた際、安土城も灰燼と化してしまった。安土城、翌年には北ノ庄城と相次いで焼失、名にし負う天守閣は、いずれももう見ることはできない。だからこそ新左衛門は、自らの手で双方をしのぐ天守を、と気負い立っているのだろう。

「フフフ……新左衛門さまは、まるで童子のようですね」

「童子？　童女に童子といわれては立つ瀬がありません」

「あら、わたくしはもう童女ではありませんよ」

にらみあったところで同時に笑いだしている。

峯蔵夫婦は二人のじゃまをしなかった。粗末な長屋での語らいは、厳めしい面会所でのそれとちがって、なごやかな空気につつまれていた。千代保が高木村の農家で家族とすごした昔をなつかしんでいたように、新左衛門も、北ノ庄の城下にほど近い坂上一族の村にいたころを思い出していたにちがいない。

何度か会っているうちに、二人は気のおけない仲になっていた。ときには兄妹のように思えることもある。そして次第に――互いを気づかう気持ちがつのり、別れたと思ったらすぐに逢《あ》いたくなって、いつしか大切な人になっていた。

もっとも、天守の築造がはじまると、新左衛門はかかりきりになってしまい、呼び出しても来られない日や、顔だけ見てすぐに帰ってゆく日が増えた。そんなときは千代保自ら普請場へ出かけてゆき、遠くから新左衛門の仕事ぶりを眺める。

「側柱《がわばしら》は土台に立てる。のめり込んじまうし、高さも測れん。これほど厄介なことはないから、礎石の上に立てよという者もいるが、長い目で見てそれでは危うい。おれたち坂上は、その場しのぎの、見かけ倒しの仕事は断じてしないんだ」

意味不明ではあっても、千代保は作事の技や心得について熱く語るときの新左衛門が好きだった。汗まみれになって働いている姿を見るだけで胸がときめく。

この時期、大坂でも大規模な普請が進んでいた。前年四月に柴田勝家を滅ぼした羽柴秀吉が、その年の九月には大坂城の築城に着手していた。このたび、秀吉は、武将たちから石高に応じて普請人足を徴発した。三十数カ国から二、三万、年末にはその数が五万にふくれあがっている。

「真っ先に、安土城をしのぐ天守閣を築け」

天守は新たに手にした権威の象徴だと、秀吉も信長同様、考えているのだろう。

ところが、年が明けても築造は思うように進まなかった。しかも、三月には織田信雄と徳川家康の連合軍との小牧・長久手の戦がはじまった。普請に動員されていた大名諸将も出陣を命じられたため、作事の手が足りなくなって、築城のほうは細々とつづけるのがやっと、というありさまである。

年の瀬になって、信雄の仲介によって秀吉と家康のあいだで講和が結ばれた。この戦には前田利家も出陣していた。こちらも築城の作事はとどこおりがちで、思うようには進まなかった。とりわけ天守は、新左衛門たちが土台に側柱を立て、さらに積重ね構法という古風な組上げで四天柱を隅木尻《すみぎ》に立てたところまでは順調だったが、そこで突然、中断を余儀なくされた。大坂城の天守より先に完成をみるのをはばかったのか。和議が成ったあとも利家と佐々成政《さっさなりまさ》の戦がつづいていたために、天守どころではなかったこともある。ともあれ、上からの命令とあれば従うほかはない。

千代保は峯蔵から、新左衛門が来ていると知らされた。

「大坂へ行けと、棟梁から命じられました」

新左衛門は千代保に告げた。

「大坂へッ。天守の普請はまだ、途中なのでしょう？」

千代保には青天の霹靂《へきれき》である。

新左衛門も苦渋の色をにじませた。苦渋と、ただしそれだけではないような……。

「天守は基礎固めを終え、今後の手筈《てはず》も万事ととのえました。指示どおり進めればよいだけで人手は足りる。ところが大坂城では、いっこうに果《はか》がいっておらぬようで……」

「では、大坂城の普請に行かれるのですね」

「安土に負けぬ豪壮な天守を築くのだと……外壁は黒漆喰で塗り固め、屋根は金箔を押した瓦で葺《ふ》く。つまり、この金沢城の天守をそのままに、ひとまわりもふたまわりも大きくし、華やかにしたものだそうで……」

千代保は、新左衛門の眸が憑《つ》かれたように底光りしているのを見た。秀吉が財力にあかして築造する天守閣が、大坂の空にそびえたつさまが、眼裏《まなうら》に浮かんでいるのだろう。

大坂へ行ってしまえば逢えなくなる。新左衛門にとってもそれは辛いことだろうが、なんといっても新左衛門は、坂上家の秘伝の技を授かった気鋭の大工だった。大坂城の天守の築造にかかわれるというのは、千載一遇の好機である。心を通わせた娘――

前田家の侍女にすぎない千代保――と別れがたいからといって、一世一代の大仕事をふり捨てることも、坂上家の命にさからうことも出来ようはずがない。いや、あってよいはずがなかった。

「いつ、出立なさるのですか」

「明朝には……」

「わたくしも、大坂城の天守を見とうございます」

「ぜひとも。それを励みに、度肝を抜くようなものを建ててみせます」

千代保は無理にも微笑《ほほえ》んで見せた。

「落成の知らせを心待ちにしております」

新左衛門は安堵の息をつき、ふっと真顔になった。

「いっぱしの棟梁になったら……そのときは、千代保どのを北ノ庄へお連れしたく……そのためにも、坂上の名に恥じぬ棟梁になってみせます」

この日も峯蔵夫婦は外へ出て、千代保と新左衛門を二人きりにしてくれた。が、初《う》心《ぶ》な二人は手をにぎりあうことすらできなかった。

待っています、きっと、迎えにきてください――。

声にならない声でくりかえし、あふれる思いを呑み込んで、千代保はあわただしく帰ってゆく新左衛門を見送った。

三

「あのときも、大戦《おおいくさ》のあとでしたね」

金沢城下の東南のはずれ、樹木の生い茂る高台の小立野をそぞろ歩きながら、千代《ちよ》保《ぼ》はため息まじりにつぶやいた。慶長六（一六〇一）年の夏、関ヶ原の戦いで天下の趨勢《すうせい》が決したとはいえ、いまだ戦火は絶えていなかった。

あのときとは賤ケ岳の合戦の翌年、前田家が七尾から金沢へ移って間もないころだ。普請中の城で、千代保は大工の新左衛門と出会った。当時は十五になったばかりだった千代保が、この年は三十二になっている。

なにかが少しでもちがっていたら、今とは別の人生を歩んでいたかもしれない――。千代保はあれから十七年、折にふれ思うことがあった。いや、人生などと訳知り顔でいうのは笑止千万。三十を過ぎたくらいでは、まだ人生など語れない。

「戦はこりごりです」

「それは手前とて同様……」

斜めうしろで、坂上新左衛門もやるせない吐息をもらした。

「戦のたびに城が焼け落ちる。するとまた、新たな城を築く。天守はもっと高う、本丸は贅美《ぜいび》を尽くして……われこそは当代一の城を建ててみせるぞと、盛者《じょうしゃ》必衰と知りつつ覇者はみな勇み立つ」

「昔は新左衛門さまも勇み立っておられましたよ」

「あのころは……そうでした。しかし今は……」

「今は？」

「城も天守も、もうたくさんです。手前に坂上の秘伝の技を授けてくれた亡父が、なにゆえ安土や金沢、大坂城や聚楽第への呼び立てに背を向けて郷里の村から出たがらなかったか、今ならようわかります」

千代保が出会ったころの新左衛門は、金沢城の天守の築造に従事していた。その手腕を高く買われて、大坂城の天守の築造にも駆りだされた。天守閣が落成したあと、金沢へ戻ってくるだろうと千代保は心待ちにしていたが、関白となった秀吉の命に逆らえなかったのか、それとも自らさらなる腕試しを望んだのか、新左衛門はその足で京へおもむき、聚楽第の天守の築造に専心した。

聚楽第の天守閣には、前田利家の娘の一人で柴田勝家の猶子の許婚《いいなずけ》だった麻阿姫《まあひめ》が、柴田家滅亡後は秀吉の側室の一人として住むことになっていた。新左衛門からみれば思わぬ巡り合わせで、豊臣家と柴田家、前田家ゆかりの天守を築造することは、なんとしても断念したくなかったのだろう。

それはともあれ、聚楽第は、関白となった秀吉が朝廷との折衝を密にするための、いわば政庁ゆえ、洛中《らくちゅう》でも御所にほど近い、東西を大宮通と朱雀《すざく》通に面した東西四町、南北七町余りの繁華な場所に建立された。そのため公家《くげ》の屋敷や町屋はむろん、数多の寺社も移転を余儀なくされて、京の都はそっくり丸ごと普請場のようになった。しかも大坂城ではまたもや次なる拡張がはじまっていたから、大工の人手はいくらあっても足りない。

千代保は、新左衛門を待ちわびつつも、胸のどこかで、普請がほぼ終了した金沢へはもう戻るはずがないと半ばあきらめていた。新左衛門は働き盛りで、野心に燃え、それに見合う技量にも恵まれている。いつか名だたる棟梁になって迎えにきてくれる日がくれば……けれど、そんな日は本当に来ようか。

十五の娘が夢見たことがそのまま実現するはずもなく、もし実現すればそれは夢物語だろう。新左衛門からは音沙汰《おとさた》がなかったし、兄の日淳を介しての消息ばかり。千代保が金沢城から聚楽第内に建てられた前田家の屋敷へ移ったときはすでに、聚楽第の普請は終わっていて、新左衛門はその場にいなかった。

わたくしのことなど、とうに忘れているのだわ――。

言い交わしたわけではない。なんの約束もしていない。忘れて当然だと千代保は思った。歳月は非情に過ぎ去るが、一方で癒《いや》しも与えてくれる。

「兄さまから、新左衛門さまが北ノ庄に帰っておられると聞いたときは驚きました。天守を建立することにとり憑かれていると、ずっと思うていましたから」

「たしかに、とり憑かれていました。しかし、あるとき突然、呪縛《じゅばく》が解けた。虚《むな》しくなったのです、なにもかもが」

兄はいっていた。粋を凝らした聚楽第が完成して何年も経《た》たないうちに破却されてしまった、そのことが新左衛門を打ちのめしたのではないか……と。敗戦で焼け落ちるのはよくあることだが、聚楽第は、建立した秀吉自身が破却を命じ、しかも瓦の一枚、柱の一本、庭石のひとつまでもがまるで穢《けが》れたものでもあるかのようにこなごなに打ち砕かれてしまった。なぜなら、聚楽第はこのとき、太閤《たいこう》となった秀吉から関白職をゆずられた甥の秀次《ひでつぐ》の住まいとなっていて、秀吉の逆鱗《げきりん》にふれて切腹させられた秀次と命運を共にせざるを得なかったのである。坊主《ぼうず》憎けりゃ袈裟《けさ》まで憎し、ということか。千代保がこの出来事を知ったのは金沢城で利家の子を産んだ翌々年だったが、秀次の妻妾《さいしょう》や幼子までもが三条河原でむごたらしく斬殺《ざんさつ》されたという話に、城内の女たちは一様に蒼《あお》ざめた。

　聚楽第の築造にかかわった大工が——北ノ庄城が焼け落ちたときもあれほど悔しがっていた新左衛門が——この出来事にどれほど衝撃をうけたか、千代保にはよくわかる。

「無理もありませぬ。聚楽第があんなことになったのですもの」

　千代保が眉《まゆ》を曇らせると、新左衛門は意外そうに目をしばたたいた。

「それも、ありますが……なれど手前にはもっと……。いや、やめましょう、昔のことです。それより、今日はこうして、寿福院さまと小立野を散策している……」

「寿福院さまはおやめください。千代保でよいと申しました」

　利家の死後、千代保は寿福院と呼ばれている。

「では千代保さま。千代保さまは雲上の人になってしまわれた。二度とこうしてお会いできるとは思いませんでした」

「わたくしも、うれしゅうございます。新左衛門さまが越前府中に兄さまの堂宇を建ててくださったと聞いたときから、この日が来ることを願うていたのです」

「日淳さまは、わざわざ北ノ庄までやって来られ、鬱々《うつうつ》とした日々を送っていた手前を今一度、生き返らせてくださったのです。腕のよい棟梁なら、なにも手前でのうても府中にいくらでもいると申したのですが、おぬしでのうてはだめだ、と。それが日蓮聖人さまの御心である、とも仰せくださいました」

慶長元年、日淳は越前府中に念願の経王寺を再建した。千代保が利家の四男にあたる利常を産んでいたことが、後押しになったのはいうまでもない。

昨年の関ヶ原の戦いのあと、さらなる幸運が舞い込んだ。利常が前田家の継嗣に決まり、徳川秀忠の娘の珠姫《たまひめ》との婚約が成ったのである。珠姫の輿入《こしい》れは本年九月と定められた。継嗣の生母たる千代保も、これからは金沢城に腰を落ち着けることになる。

そこで千代保は、小立野に一寺を建立する旨《むね》を願い出て、藩主利長の許可を得た。寺号は寿福山経王寺。開山は日淳だが、日淳には越前府中の経王寺があるので、弟子の日護を招聘することになっている。

「ほんに、兄さまのおかげですね。でもせっかく新左衛門さまに建てていただくのです、堂宇が立ち並ぶ、豪壮な伽藍《がらん》にすべきでしたね」

「いいえ、もしそうなら、手前はここにはおりません。黒漆も金箔も不要。心のこった……温かく、凛とした寺を建てましょう」

「凛とした……まるで人のような仰《おっしゃ》り方ですね」

「城も天守も、寺社も、藁《わら》ぶきの庵でもそうです、建造物には心柱があるように心がある。建てた者の心が宿るのです。そのことを、手前はようやく知りました。これからは城のかわりに寺を建てる。天守のかわりに五重塔を建てます。坂上の秘伝の技を、又三郎にはそう教えたい」

「ご子息が……おられるのですね」

「まだ子供です。が、金沢へ連れてきました。この寺を建てるところを見せるために」

よいかと訊かれて、千代保はあわててうなずいた。むろん、今や坂上家の当主となっている新左衛門に妻子がいるのは当然だろう。そんなことを考えもしなかった自分に、千代保はわれながらあきれる。

「さてと、まずは本堂をどこに建てるか。千代保さまのお考えをお聞かせ願います」

「棟梁の思いのままに。いかようにも、お任せします」

「しかしそれでは……」

なぜここへ誘い出したのか、二人きりでそぞろ歩いているのはなんのためか。けげんに思ったかもしれないが、新左衛門はそれ以上、たずねなかった。

千代保が、尼頭巾《ずきん》の下で、ぎこちない笑みを浮かべたからだ。

「わたくしは果報者です。侍女だった小娘が前田家の継嗣の生母になって、今ではこうして自分の寺まで建立できる身になった。その上にまだ望むのは欲張りですね」

「望みとは、なんですか」

「いいえ。つまらぬことです」

むろん、つまらぬことではない。それどころか、今の自分にとっていちばん大事なことだ。けれどたぶん、それを口にすることは生涯ないだろうと千代保は思った。

口にするかわりに、胸中でつぶやく。

時を、引き戻すことができたなら——。

四

坂上又三郎嘉継は闇《やみ》の底にうずくまっていた。

又三郎がいるところは妙成寺の五重塔の普請場で、資材や道具類が積み上げられた方三間ほどの空間の片隅に手燭《てしよく》がひとつ置かれているから、正確にいえば完璧《かんぺき》な闇ではない。が、背中を丸めた姿は、三十前の男とは思えぬほどちぢこまって、遥《はる》かな道を歩きつづけて闇へ迷い込んでしまい、疲労困憊《こんぱい》して途方に暮れている人のように見えた。

父上は、なぜ、もっと、長生きしてくれなかったんだ――。

亡父をつい恨みたくなる。

又三郎は、大工集団・坂上家の十六代である。六年前に加賀前田家当主の生母、寿福院の発願で、寿福院の兄の日淳が十四世貫首をつとめる能登国羽咋の滝谷妙成寺――寿福院の菩提寺――の本堂を建立する仕事を与えられ、郷里の北ノ庄から招聘された。

棟梁には若すぎると危ぶむ声もあったが、寿福院も日淳もそうした声には耳を貸さなかった。二人は子供のころの又三郎を知っていて、年齢など関係なく絶大の信頼をおいていたのだ。

足掛け二年で本堂は竣工した。こけら葺き、入母屋《いりもや》造りの堂々たる堂宇である。

又三郎は引きつづき、寿福院の発願で三十番神堂を建てた。大坂の戦で初陣《ういじん》を飾る利常の武功を祈るための祈禱所《きとうしょ》で、正面に唐破風《からはふ》がついた三間社流造りの堂宇だった。

翌年、人質として江戸へおもむくことになった寿福院は、五重塔を建立するよういいおいて出立した。慶長二十（一六一五）年のことである。

それから三年、又三郎は五重塔の築造に心血をそそいできた。この間、日淳の入寂という悲しい出来事があったものの、作事は途絶えることなくつづいていたから、そろそろ竣工するはずの時季である。江戸にいる寿福院が催促してきたとは聞かないが、十五世貫首の日條上人の言葉の端々からは、今か今かと待ちわびる様子が伝わっていた。

ここへきてとどこおっている理由は多々あった。大工たちのいざこざもあれば、資材の調達の不備や遅滞、さらには須弥壇の彩画や桟唐戸《さんからど》の彫刻が思うようにいかないことも……若いからといって馬鹿にされては棟梁はつとまらない。皆の前では剛毅《ごうき》な顔を見せているが、夜独りになると不安が押しよせ、意気消沈してしまう。

しくじったらどうしよう――。

塔を建てるのは、はじめてだった。

亡父には厳しく仕込まれた。子供のころから普請場へ伴なわれ、手取り足取り教えられた。寿福院と最初に出会ったのも、亡父が小立野に寿福山経王寺を建立したときである。

北ノ庄城にはじまって、金沢城でも大坂城でも聚楽第でも、亡父は天守の築造にたずさわってきた。が、聚楽第が破却されてからは、天守はおろか城の築造にはいっさい出向かなかった。もし、天守の築造を引きうけ、そこに同行していたら、又三郎も五重塔の築造にこれほど悩むことはなかったはずである。

眠っておかんとな、これでは体がもたんわ——。

頭ではわかっていても、睡眠にも体力が要るようで、どうしても眠りに入れない。

ため息をついたときだった。

手燭の灯がゆれた。側柱の陰に人影が浮きあがる。大工のだれかが、忘れ物に気づいて捜しにきたのか。それとも寺僧の一人が、明かりを見つけて様子を見にきたのかもしれない。

そうではなかった。女のようだ。

「もし……手前になにか、御用にございますか」

いぶかしんで声をかけると、女は側柱の陰から出て、二歩三歩、近づいてきた。小柄な女で、くっきりとした眸がきらきらと輝いている。白い袈裟に白い頭巾は、妙成寺の近隣に住んでいる縁の尼だろう。

女は足を止め、又三郎の目をじっと見つめた。

どこかで見たような……と首をかしげ、又三郎はあッと驚きの声をあげた。

「ま、まさか……寿福院さまではございませんか。あ、いや、寿福院さまはお江戸か。しかし、よう、似ておられる……」

寿福院は江戸へ発《た》ったとき四十代の半ばを超えていた。目の前の女は少なくとも十は若く見える。とすると、身内のだれかか。

女は、そうだとも、そうでないとも、答えなかった。かわりに「おじゃまではありませんか」と静かな声でたずねた。

「い、いえ、仕事はとうに終えてますんで」

すると女は軽やかに、又三郎のかたわらに積まれた木材の上に腰をかけた。

「五重塔を建てておられると聞きました」

いいながら、普請半ばの柱や梁に視線をさまよわせる。

「あと、どのくらい？」

「一日でも早う、とは思いますが、どうもその、思うようにはゆかず……へい」

「そなたが棟梁ですね。本堂や三十番神堂も建ててくださった……」

「へい。坂上又三郎と申します」

「存じています。新左衛門さまのご子息ですもの」

「父を、ご存知ですか」

「むろんです。若いころから——金沢城にいたころですが——兄妹のように親しゅうさせていただきました」

又三郎は目をしばたたいた。生きていれば父はもう六十近い。尼姿の女とは兄妹というより父娘のようだ。が、女の年齢はわからない。見かけより高齢ということも……。

やはり寿福院さまではないか——。またも疑念が頭をかすめた。が、いくらなんでも江戸におられる女人、しかも藩主のご生母さまが、たった独りでやって来るとは思えない。

「手前は父の若いころのことを知りません。実は、本当の父ではないのです」

今度は女が驚く番だった。

「それは、まこと、ですか」

「へい。父は生涯、独り身でしたから。好いた女人がいたのに、そのお人はどこかの武将に見初められて……父は生涯、忘れられず、ひそかに想《おも》いつづけていたそうです。もっとも、これは父から聞いた話ではありません。真偽のほどはわかりかねます」

女はまだ目を瞠《みは》っている。ようやく口を開いたときは、さっきまでの屈託のない声がくぐもって、気の毒なほどかすれていた。

「でも……なれば、そなたは……」

「手前の実の父親は武士でしたが、文禄の役で渡海して、異国で死にました。手前が三歳のときです。養父は京にいたころ実父と懇意にしていたそうで、手前を北ノ庄へ連れ帰り、坂上家で養育を……。本来なら、すでに縁戚《えんせき》から迎えた養子がおりましたから、その者が跡を継ぐべきだったのですが、まだ幼いうちに父が病に倒れてしまい……」

急遽《きゅうきょ》、又三郎が秘伝の技を授かることになった。

「覚えています」女の顔に悲痛とも見える色が広がる。「あれは、小立野の堂宇を建立した翌年でした。金沢城の天守が落雷に遭って燃え落ちたときでしたね。新左衛門さまが倒れられたと知らせが……まだ、四十代半ばでしたのに……」

「へい。それから体調をくずし、寝たきりになって、翌年には……」

「何度、見舞いに駆けつけようと思うたか。なれど、新左衛門さまにはご家族がおられる。わたくしがよけいなことをしては人の噂になり、かえってご迷惑がかかるのではないかと……」

又三郎ははっと女を見た。

「やはり、あなたさまは……」

「なにもかも、済んだことです」

女は顔を背け、ついと視線を上げて天井の闇を見つめた。

「新左衛門さまは見事な天守を築造されました」

「すべて灰燼と化してしまいましたが……」

北ノ庄、聚楽第につづき金沢城の天守は落雷で、そして大坂城の天守も一昨年、大坂夏の陣で焼失してしまった。又三郎の父が築造にかかわった天守閣はもうどこにもない。

女は、又三郎に視線を戻した。双眸の翳《かげ》りが失せて、元のような明るいまなざしに戻っている。

「天守は覇者が権威をひけらかすためのもの。五重塔は、法華経をあまねく広めるためのものです。勝者も敗者もない、富者も貧者もない、男子も女子もない、皆のものです。なればこそ、お父上のためにも、五重塔を完成させてください」

又三郎はにわかに熱いものがこみあげてくるのを感じた。思わずこぶしをにぎりしめている。

「手前も、そうしたい、と思っています。なにものにも負けとうない、命がけでこの塔を……と。しかし、どうすればよいのか……」

「案ずることはありませぬ。身命を惜しまずに励めば、何事も成就《じょうじゅ》しますよ」

女はゆらゆらと立ち上がった。闇の中へ吸い込まれるように消えてゆく。

願わくは此《こ》の功徳《くどく》を以《もつ》て普《あまね》く一切に及ぼし
我等と衆生と皆共に仏道を成ぜん

普請半ばの伽藍のどこからか響く誦経《ずきょう》が女の声か仏の声か……又三郎は考えることをしなかった。なぜなら、女の姿が消えると同時に、心地よく寝息をたてていたからだ。

翌元和四（一六一八）年、妙成寺の五重塔が落成した。

江戸で吉報を耳にした寿福院は、時を経ず、日蓮宗の総本山である身延山久遠寺に五重塔の建立を発願する。天守に憑かれ天守に幻滅した坂上新左衛門にかわって、寿福院はそののち正中山法華経寺《しょうちゅうざんほけきょうじ》にも五重塔を建立した。

妙成寺の五重塔は、四百年余の歳月を経てなお、能登羽咋の空を背景に、秀麗かつ荘厳な姿で訪れる人々を魅了しつづけている。

主要参考文献

『金栄山妙成寺誌』櫻井甚一著（妙成寺　住職　藤井教雄発行／北国出版社）
『妙成寺　文化財総合調査報告書』妙成寺文化財調査委員会・北國総合研究所編（日蓮宗本山　金榮山妙成寺発行）
『文筥――劔梅鉢に生きた女人たち』横山方子著（能登印刷出版部発行）
『前田家三代の女性たち』二木謙一監修／國學院大學石川県文化講演会実行委員会編（北國新聞社発行）
『寿福山経王寺誌　創建四百年記念出版』中尾堯編（経王寺発行）
『徳田のおりん伝承　加賀藩　前田利常公　生母　寿福院』平野由朗著
『三壺聞書　巻之一より巻之二十二』山田四郎右衛門著（石川県図書館協会発行）
『金沢市史　通史編2　近世』金沢市史編さん委員会編（金沢市発行）
『よみがえる金沢城1　450年の歴史を歩む』石川県教育委員会事務局文化財課・金沢城研究調査室編（石川県教育委員会発行）
『越前・朝倉氏関係年表』（福井県立一乗谷朝倉氏遺跡資料館編集・発行）
『越前朝倉氏・一乗谷　眠りからさめた戦国の城下町』（福井県立一乗谷朝倉氏遺跡資料館編集・発行）
『文化財からみる越前市の歴史文化図鑑』（越前市・越前市教育委員会文化課市史編さん室編集・

発行）
『越前朝倉氏の研究』松原信之著（吉川弘文館）
『キリシタンの記憶』木越邦子著（桂書房）
『加賀藩作事方の構成と御大工頭の研究（論文）』田中徳英著

本著の執筆にあたり、次の皆様に多大なるご協力をいただきました（役職は取材時のものです）。ここに謹んで御礼を申し上げます。

日蓮宗金榮山妙成寺貫首　駒野日高様
日蓮宗金榮山妙成寺執事長　山川知則様
日蓮宗寿福山経王寺住職　新林孝道様
日蓮宗華岳山経王寺住職　綿谷即俊様
大本山大徳寺塔頭　正受院住職　福代孝道様
福井県立一乗谷朝倉氏遺跡博物館　宮永一美様
石川郷土史学会常任幹事　横山方子様
京都造形芸術大学大学院客員教授　中村利則様
北國新聞社出版局参与　福田信一様
新潮社出版部　田中範央様
新潮社「小説新潮」編集部　小林加津子様
新潮社文庫出版部　長谷川麻由様

解　説

本郷和人

諸田先生の作品はたおやかである。文章にも内容にも凜《りん》とした気品がありながら、とても優しく美しい。本作『ちよぼ』には「加賀百万石を照らす月」という副題が賦《ふ》されているが、なるほどな、とひとりごちた。

燦々《さんさん》たる太陽は、エネルギーに溢《あふ》れているが、自らを前へ前へと推してくる。その「益荒男《ますらお》振り」は時として、申し訳ない言いようになるが、煩《わずら》わしい。だが月は、満ちていても欠けていても、いつも一歩退《ひ》きながら、端然と佇《たたず》む。月の光は、静かに私たちの心に寄り添ってくれる。そのありようは、ちよぼの人となりに、また諸田先生の作品全てに重なるように思う。

このたび私は、本作の解説の任を仰せつかった。だが先生の作品を論評することは、一介の歴史研究者たる私には、とてもとても、荷が重すぎる。一つだけ、物語の舞台となる加賀百万石の成立過程についてならば、ここしばらくで自分なりの見解を獲得できたように思う。そこで、解説とは名ばかりではないか、との誹《そし》りは覚悟の上で、前田家と金沢藩の歴史的変動について記すこととしたい。みなさんの読書の楽しみを少しでもサポートできれば、と願っている。

　豊臣秀吉が天下人となり、乱れに乱れた戦国日本はようやく統一された。各地には大名が配置され、統治に当たった。豊臣政権を支えた諸大名の内でとくに勢力の強いものが「五大老」で、石高の順に記すと、江戸の徳川家康２５５万石、広島の毛利輝元１２０万石、会津の上杉景勝１２０万石、金沢の前田利家《としいえ》80万石、岡山の宇喜多秀家55万石となる。この中で明らかに異質なのが、前田領である。

　それはどういうことかというと、前田領は厳密に見るならば、父である前田利家と、嫡男の利長《としなが》、二人の大名の連合体だったのだ。石高をおおよそで示すと、利家の領地は加賀半国20万石と能登一国20万石、あわせて40万石（居城は金沢城）。利長の領地は越中一国40万石（居城は高岡市域の守山城）。ほぼ同じ石高の二人が並び立ち、父である利家が前田家全体の家長を務めていた。それゆえに利家が80万石の大名、との捉《とら》え方もけっして誤りではない。ただし、家臣は利家・利長それぞれが召し抱えていて、領国の統治も別に行っていた。

　どうしてこのような形式になったのか。利長の妻が織田信長の娘、ということが関係しているのかとも考えたが、よく分からない。これが他の大名であるならば、家を分けて互いに牽制《けんせい》させ、全体の力を弱めたのでは、という解釈が成り立つのだが、秀吉と利家とは軽輩の頃から仲が良かった、といわれる。実際に利家は秀頼の守り役に任じられているし、秀吉最期の「醍醐《だいご》の花見」では、諸大名の妻のうち、利家の正室・まつのみが、秀吉の妻たちとともに酒杯を賜った。前田家が豊臣に近いことは、十分に認められるだろう。秀吉には、前田の力を衰退させる理由がない。

だが豊臣家との親しさは、慶長3年（１５９８年）8月に秀吉が没すると、間違いなく前田家を苦しめることになる。利家は先述したように秀頼の守り役として大坂城に入り、伏見城の徳川家康と対峙した。家康はこの頃、天下への野望を隠そうともしない振る舞いを示すようになっていたが、そうした家康とかろうじて対抗できたのはただ一人、利家だけだったのである。利家は豊臣政権をよくまとめ、石田三成ら文官と、加藤清正ら武官との対立も懸命に押し止めていた。

ところが慶長4年（１５９９年）閏《うるう》3月、利家は秀吉のあとを追うように亡くなった。享年62。死因は胆嚢《たんのう》がんとの推測がある。利家の遺領は、金沢城と加賀半国、それに前田の当主の座は利長が継承した。能登一国は利家の次男、利政《としまさ》が継いだ。利長60万石、利政20万石。規模は変わったが、二人が並ぶかたちは持ち越された。

同年8月、父のあとを受けて大坂城にいた利長に対し、家康は金沢への帰還を勧めた。その言に従った利長が大坂城を出て金沢に向かうと、家康は9月、伏見城から大坂城に入った。そしてここで家康は、突如として、前田に謀反《むほん》の動きあり、と加賀への出兵を宣言するのである。

ヘラクレイトスはいう。「戦いが王を作る」。当時の家康は大きな合戦を望んだ。大きな合戦を起こし、それに勝利することで徳川の実力を満天下に明示し、もって豊臣の天下を奪取しようというのである。それは元々、織田の天下を覆《くつがえ》した秀吉の方法論であった。

大名たちは、前田の謀反が家康のいわば「言いがかり、でっち上げ」であることは知っていた。だが、そのくだらない「言いがかり、でっち上げ」を受容するかどうかで、家康は敵味方を判別する。多くの大名が、新しい天下人は家康、と予測して、家康についていくことを選択していた。

前田利長は煩悶《はんもん》した。謀反云々は「でっち上げ」である。それは、みんなもよく知っている。だが、そうした「言いがかり」に正論をもって反撃しても、前田は徳川とその追従者の武力によって滅びてしまう。どうするか……。利長が選んだのは土下座外交であった。彼は腹心の横山長知《ながちか》を家康の元に派遣し、ひたすら頭を下げた。その

結果、
①前田は徳川に服従する
②まつ（芳春院）を江戸に人質に出す
③秀忠の次女、珠姫《たまひめ》（当時2歳）を嫁として迎え入れる
以上のことで前田謀反の疑いは晴れたことになり、お家滅亡の危機は、一応は去った。

普通、徳川に従え、との指示を出したのは、まつの方ということになっている。だが、これは確実な支証が無い、誤った説であると判断する。前田家中は当時、二つに大きく割れていた。一方は親・豊臣。利家が軽輩の頃から家臣として仕え、共に立身した奥村、村井、篠原など老臣のグループ。中心にいたのは、まつの方、その人。一方は、前田を守るためには徳川への従属やむなし、とするグループ。これは利家でなく、利長に取りたてられた横山、長《ちょう》ら。中心にいたのは利長で、その利長を補佐したのが、客将の高山右近。こうした区分の方がはるかに合理的である。

まつの方を人質に出して家中を無理やり徳川方で統一した結果、前田家は関ヶ原の戦い（家康は会津の上杉に謀反の疑いあり、とまたもや「言いがかり」を付け、開戦に持ち込んだ）では徳川方、東軍に属した。だが、この時、能登を領する利政は、西

軍と連絡を取っていた。そのことは確実に、徳川に知られていた。戦後、利政は改易に処せられ、浪人になった。だが能登は利長に与えられた。さらに加賀の半国も、前田勢が東軍として奪取したことを賞されて、利長のものと認められた。ここに、加賀40万石、能登20万石、越中40万石を領する、加賀100万石が生まれたのである。

利長の悩みは、なお消えない。先述したように、彼は織田信長の娘を妻としていた。主人の娘を娶《めと》った場合、側室をもつのは遠慮すべきこととなる。だが、深窓の令嬢は日ごろの運動不足などの理由で、子どもを産めない事例があった。もしかすると利長が子どもを作りにくい体質だった可能性もあるが、少なくとも利長には、側室を抱えて後継者作りに励む、という方法は取れなかったのである。

もう一つ、前田家の特異な事情があった。まつは11歳で利家に嫁ぎ、翌年に早くも女子を産んだ。その後、彼女はなんと2男9女を産んだ(7~9女は早世)。成人した女の子が6人いたのに比べ、男の子は2人。しかも次男・利政は幕府に睨《にら》まれて浪人生活を送っている。だから利長には同母弟に家督を譲るという選択肢もなかった。11人の出産という、当時でいう「大手柄」を立てたにもかかわらず、まつの血は前田藩主家には流れていない。

利長が後継者に選んだのは、ちよぼが産んだ、異母弟の利常《としつね》であった。彼は関ヶ原の戦いの後に7歳で利長の養子、かつ後継者となり、3歳の珠姫（徳川秀忠の次女）を妻に迎えた。慶長10年（1605年）、利長は隠居した。徳川と縁を結んだ利常にすべてを任せる、というパフォーマンスだろう、金沢城を出て、越中富山城に居を移した。

かくて利常の世が始まったが、彼には多くの対抗者がいた。潜在的な難敵の第一は、江戸で暮らすまつの方。それから京都で浪人している異母兄・利政。目に見える敵として、前田家中の親・豊臣の重臣たち。利家が他の側室に産ませた、藩主の座を覗《うかが》う異母兄弟たち。毛色の変わったところでは、利長を支えた高山右近が持ち込んだキリスト教も、当時の情勢では厄介な代物であった。妻の珠姫とは仲睦まじかったというが、演技なしに接することができたのか。利常が素でいられたのは、母のちよぼとふれあう時のみ、だったかもしれない。

利常は種々の敵に屈することなく、金沢藩の土台を築いた。前田の家は利常の血縁が、すなわち、ちよぼの子孫が、江戸時代を通じて当主として引き継いでいった。前田家が徳川の大名・加賀百万石として生まれ変わるときに、ちよぼはきわめて大きな役割を果たしたのである。

（二〇二三年八月、東京大学史料編纂所教授）

この作品は二〇二〇年九月新潮社より刊行された。

諸田玲子著　お鳥見女房

幕府の密偵お鳥見役の留守宅を切り盛りする女房・珠世。そのやわらかな笑顔と大家族の情愛にこころ安らぐ、人気シリーズ第一作。

安部龍太郎著　冬を待つ城

天下統一の総仕上げとして奥州九戸城を囲んだ秀吉軍十五万。わずか三千の城兵は玉砕するのみか。奥州仕置きの謎に迫る歴史長編。

梓澤　要著　捨ててこそ　空也

財も欲も、己さえ捨てて生きる。天皇の血筋を捨て、市井の人々のために祈った空也。波乱の生涯に仏教の核心が熱く息づく歴史小説。

朝井まかて著　眩《くらら》

中山義秀文学賞受賞

北斎の娘にして光と影を操る天才絵師、応為。父の病や叶わぬ恋に翻弄されながら、絵一筋に捧げた生を力強く描く、傑作時代小説。

磯田道史著　殿様の通信簿

水戸の黄門様は酒色に溺れていた？　江戸時代の極秘文書「土芥寇讎記」に描かれた大名たちの生々しい姿を史学界の俊秀が読み解く。

宇野千代著　おはん

野間文芸賞受賞　女流文学者賞受賞

妻と愛人、二人の女にひかれる男の情痴のあさましさを、美しい上方言葉の告白体で描き、幽艶な幻想世界を築いて絶賛を集めた代表作。

杉浦日向子著

江戸アルキ帖

日曜の昼下がり、のんびり江戸の町を歩いてみませんか――カラー・イラスト一二七点とエッセイで案内する決定版江戸ガイドブック。

玉岡かおる著

お家さん（上・下）

織田作之助賞受賞

日本近代の黎明期、日本一の巨大商社となった鈴木商店。そのトップに君臨し、男たちを支えた伝説の女がいた――感動大河小説。

永井紗耶子著

大奥づとめ

―よろずおつとめ申し候―

女が働き出世する。それが私たちの職場です。文書係や衣装係など、大奥で仕事に励んだ〈奥女中ウーマン〉をはつらつと描く傑作。

畠　中　恵　著

しゃばけ

日本ファンタジーノベル大賞優秀賞受賞

大店の若だんな一太郎は、めっぽう体が弱い。なのに猟奇事件に巻き込まれ、仲間の妖怪と解決に乗り出すことに。大江戸人情捕物帖。

葉　室　麟　著

橘花抄

己の信じる道に殉ずる男、光を失いながらも一途に生きる女。お家騒動に翻弄されながら守り抜いたものは。清新清冽な本格時代小説。

宮城谷昌光著

新三河物語（上・中・下）

三方原、長篠、大坂の陣。家康の覇業の影で身命を賭して奉公を続けた大久保一族。彼らの宿運と家康の真の姿を描く戦国歴史巨編。

宮木あや子著

花宵道中

R—18文学賞受賞

あちきら、男に夢を見させるためだけに、生きておりんす——江戸末期の新吉原、叶わぬ恋に散る遊女たちを描いた、官能純愛絵巻。

三好昌子著

幽玄の絵師

—百鬼遊行絵巻—

都の四条河原では、鬼が来たりて声を喰らう——。呪い屛風に血塗れ女、京の夜を騒がす怪事件。天才絵師が解く室町ミステリー。

向田邦子著

男どき女どき

どんな平凡な人生にも、心さわぐ時がある。その一瞬の輝きを描く最後の小説四編に、珠玉のエッセイを加えたラスト・メッセージ集。

向田邦子著

思い出トランプ

日常生活の中で、誰もがもっている狡さや弱さ、うしろめたさを人間を愛しむ眼で巧みに捉えた、直木賞受賞作など連作13編を収録。

森下典子著

日日是好日

—「お茶」が教えてくれた15のしあわせ—

五感で季節を味わう喜び、いま自分が生きている満足感、人生の時間の奥深さ……。「お茶」に出会って知った、発見と感動の体験記。

和田竜著

忍びの国

時は戦国。伊賀攻略を狙う織田信雄軍。迎え撃つ伊賀忍び団。知略と武力の激突。圧倒的スリルと迫力の歴史エンターテインメント。

新潮文庫編　文豪ナビ　芥川龍之介

カリスマシェフは、短編料理でショーブする——現代の感性で文豪の作品に新たな光を当てる、驚きと発見に満ちた新シリーズ。

新潮文庫編　文豪ナビ　司馬遼太郎

『国盗り物語』『燃えよ剣』『竜馬がゆく』『坂の上の雲』——歴史のなかの人物に新たな命を吹き込んだ司馬遼太郎の魅力を完全ガイド。

新潮文庫編　文豪ナビ　谷崎潤一郎

妖しい心を呼びさます、アブナい愛の魔術師——現代の感性で文豪作品に新たな光を当てた、驚きと発見がいっぱいの読書ガイド。

新潮文庫編　文豪ナビ　夏目漱石

先生ったら、超弩級のロマンティストだったのね——現代の感性で文豪の作品に新たな光を当てる、驚きと発見に満ちた新シリーズ。

新潮文庫編　文豪ナビ　藤沢周平

『橋ものがたり』『たそがれ清兵衛』『用心棒日月抄』『蟬しぐれ』——人情の機微を深く優しく包み込んだ藤沢作品の魅力を完全ガイド！

新潮文庫編　文豪ナビ　松本清張

40代で出発した遅咲きの作家は猛然と書き、700冊以上を著した。『砂の器』から未完の大作まで、〈昭和の巨人〉の創作と素顔に迫る。

朱野帰子著
わたし、定時で帰ります。
絶対に定時で帰ると心に決めた会社員が、部下を潰すブラック上司に反旗を翻す！ 働き方に悩むすべての人に捧げる痛快お仕事小説。

芦沢央著
許されようとは思いません
入社三年目、いつも最下位だった営業成績が大きく上がった修哉。だが、何かがおかしい。どんでん返し100％のミステリー短編集。

赤松利市著
ボダ子
優しかった愛娘は、境界性人格障害だった。事業も破綻。再起をかけた父親は、娘とともに東日本大震災の被災地へと向かうが――。

石川達三著
青春の蹉《さ》跌《てつ》
生きることは闘いだ、他人はみな敵だ――貧しさゆえに充たされぬ野望をもって社会に挑戦し、挫折していく青年の悲劇を描く長編。

井伏鱒二著
山《さん》椒《しょう》魚《うお》
大きくなりすぎて岩屋の棲家から永久に外へ出られなくなった山椒魚の狼狽をユーモア漂う筆で描く処女作「山椒魚」など初期作品12編。

伊藤左千夫著
野菊の墓
江戸川の矢切の渡し付近の静かな田園を舞台に、世間体を気にするおとなに引きさかれた政夫と二つ年上の従姉民子の幼い純愛物語。

伊坂幸太郎著　オーデュボンの祈り

卓越したイメージ喚起力、洒脱な会話、気の利いた警句、抑えようのない才気がほとばしる！　伝説のデビュー作、待望の文庫化！

池田清彦著　もうすぐいなくなります　―絶滅の生物学―

生命誕生以来、大量絶滅は6回起きている。絶滅と生存を分ける原因は何か。絶滅から生命の進化を読み解く、新しい生物学の教科書。

いしいしんじ著　ぶらんこ乗り

ぶらんこが得意な、声を失った男の子。動物と話ができる、作り話の天才。もういない、私の弟。古びたノートに残された真実の物語。

伊丹十三著　ヨーロッパ退屈日記

この人が「随筆」を「エッセイ」に変えた。本書を読まずしてエッセイを語るなかれ。一九六五年、衝撃のデビュー作、待望の復刊！

石田衣良著　4TEEN【フォーティーン】　直木賞受賞

ぼくらはきっと空だって飛べる！　月島の街で成長する14歳の中学生4人組の、爽快でちょっと切ない青春ストーリー。直木賞受賞作。

山本一力著　いっぽん桜

四十二年間のご奉公だった。突然の、早すぎる「定年」。番頭の職を去る男が、一本の桜に込めた思いは……。人情時代小説の決定版。

石井光太著
絶対貧困
―世界リアル貧困学講義―
「貧しさ」はあまりにも画一的に語られていないか。スラムの生活にも喜怒哀楽あふれる人間の営みがある。貧困の実相に迫る全14講。

池谷裕二
糸井重里著
海馬
―脳は疲れない―
脳と記憶に関する、目からウロコの集中対談。「物忘れは老化のせいではない」「30歳から頭はよくなる」など、人間賛歌に満ちた一冊。

井上理津子著
さいごの色街 飛田
今なお遊郭の名残りを留める大阪・飛田。この街で生きる人々を十二年の長きに亘り取材したルポルタージュの傑作。待望の文庫化。

伊与原 新著
月まで三キロ
新田次郎文学賞受賞
わたしもまだ、やり直せるだろうか――。ままならない人生を月や雪が温かく照らし出す。科学の知が背中を押してくれる感涙の6編。

岩崎夏海著
もし高校野球の女子マネージャーがドラッカーの『マネジメント』を読んだら
世界で一番読まれた経営学書『マネジメント』。その教えを実践し、甲子園出場をめざす高校生の青春物語。永遠のベストセラー！

柚木麻子著
BUTTER
男の金と命を次々に狙い、逮捕された梶井真奈子。週刊誌記者の里佳は面会の度、彼女の言動に翻弄される。各紙絶賛の社会派長編！